One Hundred Influential Masters of Guangdong

岭南文艺百家丛书

梨园春秋

DRAMATIST

戏剧卷

广东省文学艺术界联合会
南方报业传媒集团 ◎编

程扬　刘红兵◎主编

南方日报出版社
NANFANG DAILY PRESS
中国·广州

图书在版编目（CIP）数据

梨园春秋 ：戏剧卷 / 广东省文学艺术界联合会，南方报业传媒集团编. -- 广州 ：南方日报出版社，2019.6
（岭南文艺百家丛书/广东省文学艺术界联合会、南方报业传媒集团 编）
ISBN 978-7-5491-1946-2

Ⅰ. ①梨… Ⅱ. ①广… ②南… Ⅲ. ①报告文学－作品集－中国－当代 Ⅳ. ①I25

中国版本图书馆 CIP 数据核字(2019)第 003469 号

LIYUAN CHUNQIU
梨园春秋——戏剧卷

编　　者：广东省文学艺术界联合会　南方报业传媒集团
出版发行：南方日报出版社
地　　址：广州市广州大道中 289 号
出 版 人：周山丹
出版统筹：谭庭浩　阮清钰
责任编辑：付惠平
责任技编：王　兰
责任校对：阮昌汉　王　燕　裴晓倩
装帧设计：肖晓文
内文设计：易　界
经　　销：全国新华书店
印　　刷：广东信源彩色印务有限公司
开　　本：787mm×1092mm　1/16
印　　张：16.25
字　　数：220 千字
版　　次：2019 年 6 月第 1 版
印　　次：2019 年 6 月第 1 次印刷
定　　价：98.00 元

投稿热线：（020）87360640　读者热线：（020）87363865
发现印装质量问题，影响阅读，请与承印厂联系调换。

总序 走在历史前列的岭南文艺百家

◎王晓

当前，我国正处于实现“两个一百年”奋斗目标、实现中华民族伟大复兴的中国梦新征程上，这也是广东全面建成小康社会、实现“四个走在全国前列”、当好“两个重要窗口”目标、建设文化强省、提升文化自信的重要时期。在这个重要历程中，文学艺术的作用是无可替代的。

习近平总书记深刻地指出：“文化同国运相牵，文脉同国脉相连。”回顾近百年来风云激荡的历史，文艺家与民族命运、与时代脉搏同律动、共呼吸，为人民描绘出宏伟的画卷，奏响奋进的号角，创造出不朽的艺术经典。他们的人生和艺术经验，是我们今天坚定文化自信、振奋民族精神的宝贵财富。

在近百年文学艺术的历史进程中，广东的文艺家是走在前列的。这不仅因为广东是近代革命的策源地，也因为广东文艺家将自己的艺术生命与中华民族图强奋进的历史进程，与中国革命建设的伟大实践，自觉地结合起来。本丛书所展现的这些岭南文艺名家，不少都是在中国革命、建设和改革的各个历史时期，积极投身于时代洪流，并在这基础上探索艺术规律，创造出无愧于时代与历史的艺术经典。

近百年的文艺发展历史，是与国运相结合的历史，也是中华民族源远流长的文脉律动在时代变革的潮流中实现创造性转化与创新性发展的历史。在这一方面，广东文艺家也是走在前列的。他们在艺术上勇于开拓，善于创新，既创造出不朽的经典作品，也为后来者提供了可资继承的艺术经验。

近百年来的广东文艺有着满满的正能量。音乐方面，吕文成的《步步高》、马思聪的《思乡曲》、冼星海的《黄河大合唱》，都是荡气回肠、震古烁今的经典之作；美术方面，岭南画派创始人高剑父、高奇峰、陈树人，是中国画折衷中西、创新创造的探路者；文学方面，欧阳山的《三家巷》、秦牧的《花城》、陈残云的《香飘四季》，是聚焦百姓、描写生活的文学典籍；摄影方面，从邹伯奇制造了中国第一台照相机，到沙飞、石少华的新闻摄影，开启了中国真实记录历史的摄影时代；电影方面，中国电影开山鼻祖郑正秋、蔡楚生和郑君里等广东籍电影艺术家，在电影编剧、导演、演出、摄制、理论、教育等方面开创了多个第一；戏剧方面，被誉为“南国红豆”的粤剧与“南国鲜花”潮剧、“南国牡丹”汉剧等大批独具一格的岭南戏剧佳作，是广东地方戏剧在祖国戏剧百花园中的美丽绽放。

挖掘、呈现这些艺术经典与艺术经验，目的在于坚定文化自信，振奋民族精神，更有力地激励广大人民群众在中国特色社会主义新时代与中华民族伟大复兴新征程上努力奋斗，同时也希望今天的文艺家继承前辈文艺家的宝贵财富，进而激发创作灵感，在致敬大师和经典中再创新时代的新经典。为此，我们精心策划了岭南文艺百家丛书。

本丛书分为六册（十一卷），从文学及文艺理论、戏剧、电影、音乐、舞蹈、美术、书法、摄影、曲艺、杂技、民间艺术十一个方面展示岭南文艺名家风貌。通过对文艺家们创作路程的梳理、对其作品的赏析，全方位呈现岭南文艺名家的创作成就和宝贵经验，展现广东深厚的历史文化底蕴；既反映了我省文艺工作的发展成就，又总结了文艺创作的经验和规律，鼓励广大文艺工作者有所作为、大有作为，推动广东文艺事业的繁荣和发展。

概括起来，本丛书有如下特点：

首先，全球视野，为岭南文艺寻找世界坐标。本丛书所具有的不是通常的区域视角，而是在全球视野、中国语境下立足本土，既挖掘在本地生长、创作的现代文艺名家，也注目遍布世界各地的粤籍华侨华人文艺人士，因为他们虽然身处不同地域，从事不同艺域，却因为与广东千丝万缕的联系而有着共同的文化血脉和精神气质。从这方面来看，本丛书对优秀的岭南文化“走出去”有着良好的反映和呈现，必将引起受岭南文学与艺术滋养的一代人的关注，从而具备国际影响。

其次，注重原创，部分内容填补了以往的研究空白。本丛书作为一项颇具规模的文化工程，涵盖范围广，时间跨度大，涉及人物众多，但内容却十分严谨。通过大量的资料搜集与勘测，对广东地方文化历史研究亦起到深化与推动作用。在写作和出版定位上，注重雅俗共赏：每本书争取做到既有学术的高度与精准度，又能让一般读者读懂，为读者喜闻乐见。

再次，多元开发，构建立体展示平台。本丛书不仅配备专业的写作团队，而且有着丰富的文艺作品展示，追求多元化、立体化、生动性和亲切感，扩大岭南文艺的知名度和美誉度。

期望每位读者都能从这套丛书中发现广东文艺之美，从中找到精神的力量，一起建设我们的美好家园。

2019年6月

（作者系广东省文联党组书记、专职副主席）

目录

戏剧卷

戏剧卷

千里驹：

粉墨春秋三十载

蜚声岭南花旦王

千里驹（1886—1936），原名区家驹，字仲吾，广东顺德乌洲乡人，著名粤剧表演艺术家，有『花旦王』之称。千里驹出身于一个书香世家，自小喜欢粤剧，十一二岁起，先后拜刀马旦扎脚胜和小生架架庆为师。千里驹15岁跟随扎脚胜到越南演出，后投靠架架庆所在的惠州龙门班，担任小生。受宝昌公司老板何萼楼赏识，被提入省港班。千里驹成名之后，逐步形成『驹派』艺术，演出时感情真挚，七情上面，无论是演风情戏，还是苦情戏，都能通过面部表情，用细腻的形体动作把人物复杂的内心感情表现出来。1925年省港大罢工期间，千里驹以罢演响应罢工的号召。他曾担任粤剧八和公会的委员，为粤剧艺人谋取了很多福利。1936年3月20日，千里驹因为积劳成疾，在广州逝世。

艺术观

◎（演戏）只要真正触景生情就会哭起来，不仅我会哭起来，你们也会哭起来的。

◎演风情戏固然要演得有风情，但是，不能离开温、良、恭、俭、让五个字。剧中的妇人的言行要发乎情，止乎礼义，如果她们的言行离开了这五个字，就会把她们演成荡妇淫娃，而不是剧中的人物了。

◎我虽然是一个艺人，但是，也颇知洁身自爱，希望通过戏剧尽一点移风易俗的社会责任。

——千里驹

创作之路

粤剧初创于明朝中叶，于清朝逐渐发展。清末民初之时，受社会革命影响，诸多梨园人士自发对粤剧进行改良，一时间戏台之上精彩纷呈，群星闪耀，名伶辈出。千里驹便是其中的名旦之一，素有“广东梅兰芳”之美称，其所创驹派唱腔对梨园影响深远。

作为最后一位著名的男“花旦王”，千里驹在近现代粤剧史上可谓影响深远。承前，他先后向扎脚胜、肖丽湘学艺，又在与小生聪等诸多名角的同台中不断进步，可谓集前辈著名男花旦之大成。启后，他大胆扶掖后进，不仅发掘指导了薛觉先、马师曾、靓少凤等人，更与白驹荣义结金兰，传为一代佳话。

在长期艺术实践中仍保有大胆的创新精神，是千里驹之所以能成为一代名伶的重要原因。他率先在旦角行当中提倡以白话子喉代替官话平喉，在《泣荆花》一曲中与白驹荣合作，创造了“四门头二黄”的“梵音腔”，又吸收音色柔和的喉管、短箫入“棚面”（乐队），在戏曲音乐上敢于挣脱传统的束缚，为粤剧艺术注入了新鲜血液。

千里驹敢于大胆创新，不畏打破传统，热心参与种种戏行事业，为梨园艺人争取职业尊严与权利，更热心扶持后学，成为众多粤剧艺人的良师诤友。他不仅从艺态度认真严肃，努力奋进，更对粤剧事业具有崇高的责任感，为同时代乃至后世艺人树立了楷模典范，不愧为一代粤剧宗师。

粤剧缘起：拜师学艺勤练习，一曲寒衣声名起

千里驹，原名区家驹，字仲吾，1886年出生于广东省顺德县一个贫穷的书生家庭。父亲区星朝是一个不得志的穷秀才，过早撒手人寰，留下千里驹与母亲两人相依为命。由于家庭的负担，千里驹早早就停学去做工，甚至一度流落街头。他自幼喜爱粤剧，12岁时经由邻居介绍开始学戏。起先跟随当时著名男花旦扎脚胜学艺，打下了坚实的武功基础，后加入惠州龙门班，师从小生架架庆，并获得“大牛驹”封号。

由于惠州龙门班属过山班，常年行走于穷乡僻壤，戏班的服装道具往往残破不堪，演员也不得不时常“跨行当”，出演其他行当的戏。在这样的背景下，本是出演花旦的千里驹，却被师父架架庆要求出演小武。于是千里驹只好跟随其学习小武戏。得益于年幼时的武功基础，千里驹演小武行当的戏也颇为出色。某次，戏班的正印花旦由于染病而无法上场，千里驹临场救火，粉墨登场，赢得观众与同行的称道。架架庆惊喜异常，决定让千里驹此后继续出演花旦，千里驹由此开启了长达近30年的粉墨生涯。

在东莞石龙镇的演出，成为千里驹戏剧生涯中重要的转折点。一次偶然的机会，香港著名戏班公司宝昌公司的老板何萼楼观看了千里驹演出的《夜送寒衣》，被千里驹俊秀的扮相、婉转的唱腔所打动，抚掌惊叹：“果真名不虚传！”爱才之心油然而生。他找到千里驹的师父架架庆，提出要买断千里驹的“师约”。当时梨园行业的“师约”，实际上就是学徒给师父的“卖身契”。最终何萼楼以3000元购买了架架庆手中千里驹的“师约”，结束了千里驹在过山班的艰苦生涯。那一年千里驹刚好17岁。

在买断千里驹的“师约”后，何萼楼将其艺名“大牛驹”改为“千里驹”，寄托自己对这名年轻戏剧演员的厚望，并将千里驹提升为省港班中的三帮花旦。千里驹起先在中型班凤凰仪班中出演旦角，后日渐受到器重，不久便被何萼楼提拔到省港第一名班人寿年班中去了。在人寿年班中，千里驹先是充当著名男旦肖丽湘的副手。肖丽湘擅长演风情戏，更擅长演苦情戏，千里驹在与其同班时期，虚心学习了诸多技艺，可谓是获益匪浅。

声名鹊起：千种风情道不尽，万般悲情说还休

随着千里驹日渐崭露头角，肖丽湘隐隐对其产生了畏忌之心。而正所谓“一山不容二虎”，何萼楼便将千里驹调至国中兴班，并将人寿年班的小生聪调予他搭档。小生聪作为当时戏坛的著名小生，功底极佳，又乐于助人，千里驹在虚心向其请教的过程中，技艺有了显著的提高。在戏台上的合作中，二人可谓是相得益彰。

千里驹向来以擅长出演风情戏而出名，其中，《荡舟》《夜送寒衣》等经典戏剧在当时可谓脍炙人口。在与白驹荣合演的《张敞画眉》中，千里驹所演唱的“滚花”与“中板”缠绵痴情，婉转悱恻，加上他细致入微的神情动作，颇受观众的喜爱。“滚花”是一种似唱似白的板式，节奏灵活自由，曲调抑扬顿挫，易唱而难精。千里驹特别喜爱唱“滚花”，他所唱“滚花”咬字精准，吐字清晰，跌宕有力，运腔婉转，情感真挚而引人入胜，为其争得了“滚花王”的美称。千里驹在他拿手的风情戏中塑造的女性形象并非放荡逾矩，而是细致自然，含蓄端庄。在指导后辈嫦娥英时，他曾说演风情戏不能脱离五个字：温、良、恭、俭、让。“剧中的妇人的言行要发乎情，止乎礼义，如果她们的言行离开了这五个字，就会把她们演成荡妇淫娃，而不是剧中的人物了。”由此可见，千里驹对风情戏的表演，是有诸多心得的。他在戏台上的台风，令同行的女旦都赞叹折服。

千里驹在风情戏上娴熟的技艺是众人所公认的，然而又有人讥其演不了苦情戏。千里驹并不因此感到沮丧，反而下决心演好苦情戏。在《舍子奉姑》一剧中，千里驹情感真挚，态度严谨，至悲恸之处，声泪俱下，号啕大哭；至愤怒之时，必睚眦欲裂，怒目而瞋视。他用情至深，以至于每每演罢此戏，必然元气大伤，双目红肿，甚至不得不服用人参以调养身体，这出戏也自然成了他著名的首本戏。自《舍子奉姑》后，千里驹又演了一系列悲剧戏，如《暴雨折寒梨》《可怜女》《景阳宫》《万劫红莲》等。千里驹不仅擅长扮演苦妇人，对富有悲剧色彩的少女形象的塑造也颇为成功。他擅长揣摩人物的内心情感，并通过高超的演唱技巧以及动作神韵将其灵活展现。千

里驹善唱“中板”，慢拍抒情，悲啼婉转，哀怨凄切，能将人心底的眼泪勾出来。而最靠真功夫的“念白”，也是千里驹的拿手好戏。在《舍子奉姑》中，千里驹的念白字字带情，言辞恳切，扣人心弦，甚至一段短短的“读家书”就能引人潸然泪下，观众乃称道说：“光是听千里驹的‘读家书’，就值戏票钱！”千里驹演苦情戏最为难得的一点是，触景生情便会哭。他设身处地代入剧中人物的心理，情感真实动人，往往演着演着，台上台下一齐落泪。正是千里驹对戏曲艺术的全情投入，使得他所演的苦情戏有着巨大的艺术魅力，为他赢得了“悲剧圣手”的美誉。

大胆创新：旧戏新编人人喜，驹腔一出天下惊

千里驹在戏坛纵横数十年，有颇多美誉，曾声满粤港，不可不谓辉煌。然而即便如此，他却从不故步自封，反而大胆改革，勇于创新，在粤剧改良方面做出了颇多贡献。也正因如此，他才能成为近现代粤剧史上令人尊重的一代宗师。

在清末以及民国时期，千里驹演出过不少揭露社会时弊，乃至具有鲜明政治进步色彩的戏剧。他在周丰年班时与白驹荣合演的《生死缘》《声声泪》，讲述了革命青年们为事业以及爱情奋斗的故事，在当时也引起了观众的热烈反响。

而千里驹最令人称道的创新，是在音乐艺术方面。千里驹的嗓子先天条件并不算好，在清亮与高亢方面并不出彩，连观众都说他“鬼咁唔好声又鬼咁好听”（声音极不好听又唱得极好听）。他之所以能得到“鬼咁好听”的评价，正是由于他从自己客观的嗓音条件出发，吸取前人唱腔艺术的经验，在改良与创新中打造出自己独特的唱腔。当时不少著名小生都提倡用白话平喉代替官话子喉，而千里驹率先在旦行中尝试了这一新方法。他擅长唱“滚花”和“中板”等板式腔调，避开自己不擅长的高音区域，而选择中音区，唱起来舒畅自然，既利于驾驭，又能传情达意。在演唱的过程中，随着曲调的高低顿挫、节奏的疾徐快慢，用声情并茂、缠绵动听的腔调抒发剧中人物

的内心情感，使得曲词的节奏、腔调与情感在无形之中融为一体，娓娓动听。“燕子楼中板”是“驹腔”的代表性腔调，唱曲露字，缠绵优美，在当时脍炙人口，许多艺人争相模仿。和千里驹同台演出多年的男花旦嫦娥英，就曾下苦功对千里驹的“滚花”和“中板”进行钻研。他的唱腔颇受欢迎，被认为最得“驹腔”的神韵。著名的“花旦王”上海妹曾反复聆听千里驹录制的唱片，仔细揣摩，她的“妹腔”就是在吸收“驹腔”精华后更进一步的发展。连薛觉先的“薛腔”，也颇有“驹腔”的神韵。

在与白驹荣合作《泣荆花》一剧时，两人从剧情和人物出发，创造了“四门头二黄”的“梵音腔”，也称“和尚腔”。此外，他们还将“十字二黄”的唱法改为“八字二黄”，节约了时间，更利于情绪的集中，也为观众所称道。

千里驹不仅在唱腔上进行了创造革新，还将全新的乐器引入了“棚面”（乐队）。一次千里驹与友人一道观看醮师的演奏，想到经坛上演奏梵音旋律的喉管若是运用到粤剧的唱曲之中，必然和谐而动听。而之后表演中的实践也证实了这一点。随着其他戏班的效仿，喉管逐渐成为“棚面”中的重要乐器。后来还将短箫也引入“棚面”中。在千里驹的带领下，不少粤剧艺人将新乐器引入乐队，使得粤剧乐队的乐器日渐丰富。

千里驹在粤剧的妆面艺术上也有所创新。早期粤剧的妆容并不太讲究，男角多以干粉扫面，不画眉毛与其他。而在演出《风流天子》时，千里驹等人提倡改革妆容与舞台灯光，用水粉以及胭脂等化妆品为男角化妆，冠盔发套等服饰也有所讲究。该戏一演，观众们都感觉耳目一新，随着其他戏班的模仿，新的化妆方法也就推广开来。

热心育才：不忌英才扶后进，既做良师又为友

技艺，在旧社会是艺人们赖以生存的工具，也是与同行竞争的手段。旧社会的艺人很少会将自己的技艺传与他人，这当然也是生存所迫的。

但是，千里驹却十年如一日地将自己精湛的技巧传授给同辈或是晚辈，

循循善诱，诲人不倦，与后进艺人亦师亦友，为粤剧行业培养了大量俊才，其中不少人都成为风靡一时的名角。

嫦娥英曾做千里驹的副手多年，虽身高有缺陷，但他在做功与唱功上大力钻研，时常虚心向千里驹请教问题。而千里驹亦慷慨大方地将自己的经验传授予他。例如嫦娥英出演风情戏时，时常将剧中的女性形象塑造得过于放荡，而千里驹传授给他“温、良、恭、俭、让”的五字诀后，嫦娥英演出风情戏时更懂得把握分寸与节奏。《万劫红莲》曾由千里驹出演，给观众留下了深刻的印象。但千里驹在观看了嫦娥英出演此剧后，认为嫦娥英对剧中人物的情感体会更为深刻，便把此剧让给嫦娥英出演，该剧后来成为嫦娥英的首本戏之一。这种让戏的举动，在旧社会戏行之中是极为罕见的。

有“万能老倌”之称的薛觉先也是由千里驹一手提拔的。当时省港名班周丰年班的丑生李少帆，在一次演出中被黑社会意外杀害，班主急于寻找一个能够顶替他的年轻演员。千里驹认为薛觉先很有潜力，便把他从环球乐班调来，让他加入了人寿年班。初到之时，薛觉先只是一个小演员，但在排演《狸猫换太子》一剧时，千里驹提出由薛觉先出演宋仁宗。这一提议在当时

千里驹是近代粤剧史上一代宗师

是大胆的，但由于千里驹在班中有着极高的声望，薛觉先得以扮演宋仁宗一角。后来千里驹又邀请薛觉先出演由外国小说改编的西装戏《三伯爵》，薛觉先一戏成名，成为当红的戏剧演员，这与千里驹的大力引荐是分不开的。

“小生王”白驹荣与千里驹的感情更为深厚。千里驹在结束了与小生聪的合作后，转入周丰年班，与白驹荣同台演出。在搭档期间，千里驹悉心帮助白驹荣，传授给他从小生聪那里获得的经验，使白驹荣在技艺上突飞猛进。两人合作默契，互演对方的首本戏也严肃认真。千里驹还在演《风流天子》一剧时教导白驹荣武功，而白驹荣亦虚心学习，刻苦钻研，打下了一定的武功基础。在粤剧创新的道路上，二人更是相互扶持，做出了颇多成就。后来千里驹还与包括白驹荣在内的九人义结金兰，成为患难与共的十兄弟。

千里驹虽有着高超的技艺，却仍然保有珍贵的美德。他待人友善，时常与“下栏”演员一同娱乐，并不因为自己地位高而对他人颐指气使。他还十分重视粤剧艺人的品德，不仅洁身自好，还发起组织“守礼会”，规定要文明言语，文明活动。他对待粤剧艺术严肃认真，一丝不苟，有着崇高的责任感，认为艺人应该有移风易俗之责任。此外，千里驹还多次为粤剧艺人的尊严与权利奔走，甚至远赴澳门与歧视艺人的消防队斗争。他不图名利，多次对戏迷说“不必送礼”，还参加了种种慈善活动，做善事时不愿留名，有别于当时为面子而做慈善的名流人士。他还是孝子佳婿贤夫慈父，在生活中对待家人亦无比真诚。

1936年3月20日，50岁的千里驹因病去世。一代粤剧宗师就此逝去，永远离开了戏剧舞台。千里驹出殡之日，广州街道两旁万人相送，既有他平生好友白驹荣、靓少凤等人，也有众多热心捧场的“驹迷”。千里驹虽然离开了人世，却留下了婉转动听的“驹腔”、可贵的艺术精神以及一手栽培的众多俊才，在近现代粤剧史上留下了浓墨重彩的一笔。

（胡澜）

专家点评

一位忠于现实的表演艺术家

赖伯疆（戏剧理论家）

作为一位忠于现实的表演艺术家，千里驹不仅重视舞台艺术形象的塑造，而且重视台下观众心理的研究。他经常根据观众欣赏心理要求，及时地编演针砭时弊的剧目，不断革新演技唱腔，以适应广大观众新的艺术欣赏要求。因而他的艺术造诣，特别是花旦行当的演唱艺术，高出同侪，独步艺坛。

千里驹在舞台艺术上的特点和成就，归纳起来大体有如下几个方面：

一、着意刻画人物的内心世界，以细腻含蓄的表演，使人物形象情真神肖。他特别注重深刻地揭示人物的内心世界，以形神兼备的人物形象去感染观众。他无论是演风情戏，还是演苦情戏，都能设身处地深入体验，仔细揣摩各种人物的思想感情，并通过丰富真实的面部表情、准确细腻的形体动作，把人物复杂深沉的内心感情，有层次有深度地表现出来。他尤擅演苦情戏，把剧中不幸人物的“悲”和“苦”淋漓尽致地表现出来。他饰演《金叶菊》中的林月娇，对女主角的悲惨命运、凄怆痛楚的心情领会深透，演得情真神似，禁不住泪雨滂沱，悲痛欲绝！台下观众也感同身受，泪如雨下，甚至连台上看惯他演悲剧的乐师，也泣不成声。因而，观众和同行都推许他为“悲剧圣手”。

二、潜心钻研唱腔口法，力求字露情深，使观众悦耳动情。传统粤剧的曲白语言是官话和方言掺杂的，有的演员重声轻情，对唱词只求会唱而对词义不求甚解，往往削弱了艺术感染力。千里驹为了使观众对唱词道白能够入耳消融，特别注意腔调口法的运用，讲究咬词吐字清晰有力，送音传情。他唱曲时，首先分清每个字的发音部分和字的结构，咬实咬正字音而后伴乐运腔。他擅用高低音，高时不刺耳，低时不含混，唱白的声音清正遒劲，送远动听。千里驹很喜欢唱“滚花”，他唱“滚花”，是经过一番别出心裁的艺术处理，有其独到之处，咬字准确，吐字有力，跌宕分明。他“滚花王”的桂冠就是由此而来的。

三、善于扬长避短，刻意变革创新，使自己的艺术面貌日新月异。他的嗓子本来有些沙暗，但是，他既能因人制宜，吸取前辈艺人唱腔艺术的经验和成就，又能根据时代的要求，大胆变革创新。他唱“中板”和“滚花”就是根据自己的嗓音条件，唱腔多选择不高不低的中音区，唱起来既自然舒展，又能露字达意，使观众易懂。同时，他又善于根据人物的思想感情和戏剧情节发展的要求，娴熟而细腻地掌握曲调的高低、徐疾、长短和叮板（节拍）节奏，因而，他的唱曲抑扬顿挫，优美动听。他精心创造的新腔“燕子楼中板”，节拍、腔调、拉腔、过门、板面等，都非常优美抒情，娓娓动人，人们称之为“驹腔”，至今仍传唱不绝。

从20世纪20年代至30年代末期，千里驹在粤剧艺坛上的作用和影响是巨大深远的，他在艺术和思想品德方面留给后人的遗产是丰富而珍贵的。

匠心赏析

《荡舟》

赖伯疆（戏剧理论家）

《荡舟》是粤剧著名传统剧目，有许多别名，如《湖中美》《菱仙荡舟》。后来，因为千里驹和小生聪在国中兴班演出此剧，深受观众赞赏，为了增强号召力，剧名也改为《千里驹荡舟》。这说明千里驹演出这个戏相当成功，这出戏也几乎成为他独占的首本戏。千里驹对剧中人各种丰富而微妙的心情的处理，非常细致逼真。当时，千里驹年约二十一二岁，扮相俊美，体态苗条，动作灵巧，成功地塑造了一个妙龄女郎的俊美形象。他在剧中所唱的“中板”“慢板”“十字二黄”等板腔，抒情、轻快、爽朗，使观众感到易于记忆，便于上口。不少观众看完戏之后均能哼唱。

《裙边蝶》

赖伯疆（戏剧理论家）

粤剧《裙边蝶》即其他剧种的《梁山伯与祝英台》，是千里驹和靓少凤在人寿年班时合演过的一部名剧，千里驹扮演的祝英台聪慧多情，靓少凤扮演的梁山伯忠厚痴情，给观众留下了极其深刻的印象。千里驹在《裙边蝶》中扮演男装的祝英台时别具一格，既有女性的温柔，又有男子的风雅。“楼台会”和“祭坟”两场，千里驹又把祝英台多情、痛苦、哀恸的情感表现得深刻入微，淋漓尽致。他的表情和动作，以及唱腔与锣鼓配合得非常紧密，他演到祝英台悲哀痛苦之处，伴随着锣鼓声音，做出相应的情感变化。所以，不少观众说：千里驹演《裙边蝶》，是一槌锣鼓响，感情马上变，眼泪立即流。

▲ 《舍子奉姑》

赖伯疆（戏剧理论家）

人们对千里驹不擅长演苦情戏的讥声，激励千里驹下决心演好苦情戏，于是，他请开戏师爷为他编演家庭伦理大悲剧《舍子奉姑》。剧中有三个重点场次——舍子奉姑、监牢责女、公堂大审，千里驹都有不同风格特征的表演，非常精到地表现了女主人公在不同规定情境中的不同举止神情。在“舍子奉姑”中，他着重表现钱氏的孝顺观念和母子亲情的矛盾，既想孝敬家姑，又不忍心爱子自杀身亡。在“监牢责女”中，她既感到自己蒙受不白之冤而老父却横加责打，不予谅解，因而有所怨恨，但是又对父亲老态龙钟，风烛残年之际，却遇上这意外的不幸又有所同情。当丈夫在公堂上怒气冲冲地审问拷打钱氏时，千里驹着意表现她对丈夫忘恩负义、昏庸无能的行为的愤恨。她满腔怨愤，怒斥丈夫昏庸横蛮，不察真情，草菅人命，因而奋不顾身，大闹公堂。他曾对人说，他此时是用“真火”来演的，也就是戏假情真，他的情感是真实的。千里驹在整个戏中，从头至尾，态度严谨，感情真实，唱功念白，丝毫不苟。悲恸之处，号啕大哭，声泪俱下，情真意切；愤恨之时，睚眦欲裂，咬牙切齿，气冲斗牛。

白驹荣：

清音开源秀岭表
客途秋恨谱绝响

白驹荣（1892—1974），原名陈荣，号少波，广东顺德大良人，著名粤剧小生表演艺术家，粤剧白派创始人，是著名花旦白雪仙之父。9岁初到天台戏班学戏，后入下乡班，到民寿年班任第二小生，后升为正印小生。1913年，白驹荣进入国丰年班，其后与千里驹合作，被誉为『小生王』。演唱南音《客途秋恨》时，吸取了瞽师（失明艺人）的『扬州腔』，形成风格独特的『白腔平喉』，开粤剧白派之先河。1925年应聘到美演出，两年后返粤，加入人寿年班。后在香港组成觉先声剧团。1953年初，广州市粤剧工作团成立，白驹荣任团长并在失明的情况下坚持参加演出。1956年，赴京参加全国先进生产（工作）者代表大会，受到周恩来总理的接见。1958年，调任广东粤剧院艺术总指导，次年任广东粤剧学校校长。曾任广东省人民代表大会代表、中国戏剧家协会广州分会首届主席。

艺术观

◎演戏要有戏德，也是做人的道德。

◎梨园子弟要以戏德为重。

◎心通四面，耳听八方。

◎不苟且，不马虎，对观众忠诚！一直到老！

◎每个戏不同，每个环境不同，每个人物不同，处处都有困难，都要去克服！

——白驹荣

创作之路

白驹荣，自幼入梨园便倾注一生，他才华横溢，大胆创新，以新唱腔新语言开粤剧“白派”之先河。年少成名而壮年失明，坎坷的一生中，他艺志不遂，不仅创造了演艺史上的奇迹，更躬亲粤剧教育，培养弟子，师德崇高。抗日战争时期，在日本侵略者的威胁下他不屈不挠，保持文艺工作者的高贵品格和爱国立场。在崇高精神追求的感召下，他加入中国共产党，践行“新的人民的文艺”。其一生践行戏德与品德的二元统一，终成德艺双馨的一代粤剧宗师。

结缘粤剧：幼入梨园承名师，创新开拓唱佳音

1892年，白驹荣出生于广东顺德，底蕴深厚的地域文化就在他身上烙印下了粤剧的血脉。白驹荣年幼时父母早逝，在大母丰氏身边长大，困窘的生活让他只读了四年书便离开学堂，在扎纸店做学徒，在鞋店站柜台，以稚嫩的肩膀分担生活的重量。然而，其父粤剧演员陈厚英却早把源长的文脉在白驹荣的生命中留下斗折蛇行的明灭痕迹。1901年，9岁的白驹荣在机缘巧合中初到天台戏班学戏，之后又到下乡班，与生俱来的粤剧天赋从此闪现出夺目的光彩，在这期间他先后师从郑君可、吴友山、公脚贤等名家，颇得赏识与器重。1913年，白驹荣进入国丰年班，两年后便成为国丰年班的正印小

生，经戏班老师指点后，技艺更是大进。

1917年，他转入周丰年班任正印小生。同年，赴澳门、香港上演《再生缘》，他饰演的皇帝得到了观众的一致赞赏与肯定，从此白驹荣渐有名气。其后他与千里驹合作，主演《金生挑盒》《泣荆花》等剧，二人默契的合作和精湛的表演技艺造就了两部粤剧的脍炙人口。名气越来越响的白驹荣凭借在生行中的杰出表现获得广大观众的褒奖与赞扬。

随着精湛的技艺与极高的赞誉，白驹荣在粤剧行业和戏班中的地位不断提高，越发显现出中流砥柱般的力量。此时的白驹荣在锤炼自身技艺的同时更肩负艺术家的责任，以创新开拓粤剧发展的新面貌。一方面，他改编粤剧传统语言，主张以方言（广东话）取代“官话”（桂林腔），推动了粤剧在街头巷尾普罗大众中的传唱与普及；另一方面，他改编唱腔，以真嗓代替假声，在灵活多变的高音音色中，塑造一个个活灵活现的戏剧人物角色。演出喜剧《金生挑盒》时，他精心设计开朗谐趣的书生形象，用广州话演唱部分唱段，引起观众的热烈反响。《泣荆花》一剧中，他创造了“八字二黄慢板”，丰富了粤剧的唱腔板式。而在他所演唱的南音《客途秋恨》中，白驹荣更是发展了清末粤剧艺人金山炳等人尝试过的平喉唱法，用真嗓代替假嗓唱小生腔，同时他更吸收瞽师（失明艺人）用平喉所表现的“扬州腔”，融多方所长形成风格独特的“白腔平喉”，嗓音清越明亮，行腔婉转圆润，吞吐跌宕自然流畅，尾音拖腔，一气呵成，回肠悦耳。这一对于传统粤剧唱腔的精妙革新，不仅通过个人唱功的更上一层使白驹荣赢得了“小生王”的极高赞誉，戏剧舞台演唱的南音苍凉萧瑟的神韵，低回婉转，荡气回肠，具有相当大的感染力，使主题曲《客途秋恨》不胫而走，很快成了家喻户晓的流行曲。同时，白驹荣的个人风格逐渐成型，以鲜明特色独创一派，开粤剧“白派”之先河。

1925年，白驹荣应聘到美国旧金山演出，与同去的新珠、子喉七摒弃用提纲戏“爆肚”演出所带来的索然寡味的陋习，带去优质的剧目和严肃的演出作风，受到当地观众好评。两年后，白驹荣从美返粤，重新加入人寿年班，再次与千里驹、靓少凤等合作。此时，广州唱片公司决定录制他的《金

1926年白驹荣在美国三藩市演出之戏装

生挑盒》《再生缘》《泣荆花》等名剧唱段和南音《客途秋恨》，将剧目与白驹荣的影响力再次提升到了新的高度。此外，1935年，白驹荣饰演小生，薛觉先反串花旦，更给观众带来了耳目一新的惊喜体验。此后不久，他当选为香港八和会馆监事、理事，至此从一介学徒成为粤剧生行中流砥柱，白驹荣达到了个人演艺生涯中的一个巅峰。

命途坎坷：一朝战火号哀鸿，双目虽盲艺志坚

1941年，日本侵略者将战火烧到香港，乱世硝烟中，曾经繁华富庶的香港城各处人民流离失所哀鸿遍野。失去了安定欢愉的和平环境，在翻飞的炮弹中，众多戏班在这时局下更是难以维持生计而纷纷解散。除却入不敷出、生计难保的辛酸生活，雪上加霜的是，年近50岁的白驹荣患上了严重的眼

疾，缺医少药的战乱环境中，寻医问诊越发走投无门。就这样，随着硝烟浓雾的重重笼罩，他的眼翳也日复一日地加重了。然而，此时的白驹荣却并不计较个人生命，在民族危亡的重要关头，他怀着满腔大义与爱国热血，冒险组班演《双枪陆文龙》《落霞孤鹜》等有爱国倾向的古装戏，声声泣血音呼唤爱国深情，铎铎钟鼓韵呐喊民族脊梁。此时，日本当局看重白驹荣的才华与威望，以厚遇提出合作要求。然而白驹荣不畏威胁，不为利诱，毅然拒绝为日本政权灌录宣传“日中亲善”的唱片，任时局艰险、生活困苦，仍不忘国家民族，不负坚毅品德。

当纷飞的战火终于结束，中国万里河山已是一片狼藉。白驹荣离港返粤。此时白驹荣的眼疾更加严重，视力几近全无。随着视觉神经的严重萎缩，不可逆转的失明魔鬼一般日日迫近。失去光明的白驹荣如同折翼的孤鸿，迷茫失措中不知前路去向何方，沉郁不振的他被迫离开舞台，屈居茶楼酒肆以卖唱糊口。黑暗的岁月中，曾经红遍香港的白驹荣的名字在剧场门前的海报上再也找不到了，他一度成为被旧社会抛弃的落魄英雄。“年老眼盲，前途渺茫”，沉重的言语背后是说不尽的内心创伤。

“眼睛看不见，这是摆明的，可是党要我这么做，我就要克服困难！”红军长征路上的英雄事迹，抗美援朝战场上的热血英雄都极大地鼓舞了他，共产党人不畏险阻，英勇开拓的革命精神更让他在迷茫沉郁中找到前路方向，决心重新返回粤剧舞台。新中国成立后，和平安定的社会环境让文艺事业迎来春天，广州曲艺大队在此环境中创立，为艺术发展与戏剧传承提供广阔的舞台。1951年，白驹荣参加广州曲艺大队，担任队长，为抗美援朝捐献飞机大炮举行义演。这也是失明后白驹荣在一腔爱国深情感召下的首次登台演出，同志们的鼓舞和协助给予他巨大的力量，也让他更加坚信自己，进一步创造更多的形象。1953年初，广州市粤剧工作团成立，白驹荣担任团长。此时白驹荣已经完全失明，但凭着对舞台与戏曲艺术的眷恋深情，白驹荣仍坚持参演《白蛇传》《宝莲灯》《选女婿》《红楼二尤》等剧目，角色塑造也由小生改演老生、丑生。多年的演出经验与精湛的技艺所练就的深厚功底让他以耳为目，通过声音判断位置。初期，工作人员在戏台上铺起白布，白布反射舞台光线，白驹荣凭借微弱的视力依靠演员在白布上的投影及声音判断位置进行演出。后来随着眼疾的进一步恶化，完全失明的白驹荣只能依靠工作人员在舞台地毯下特意铺制的“米字形”长竹片，凭触觉辨别舞台前后及出入口位置，凭听觉与合演者交流。1955年曲艺大队编排演出粤剧《重冤得雪太阳红》，他把“失明”变成角色塑造的优势饰演瞎子爷爷，大受观众欢迎。《二堂放子》中他灵活自如的动作，光泽沉凝的眼神和清朗浑厚的歌声，淋漓尽致地诠释着刘彦昌焦急的心情和深沉的父爱，牵动着全场观众的呼吸与心跳。在《红楼二尤》中，他扮演的贾珍有较大幅度动作，但他克服了明眼人难以想象的困难，在同台演出的演员帮助和配合下，演得十分逼真，令人忘了他已是失明老者。毫无疑问，白驹荣先生创造了中国乃至世界表演艺术史上的奇迹，戏剧大师田汉更是称赞他为“中国文艺界的保尔•柯察金”。

一代宗师：躬亲教育桃李盛，德艺双馨觉悟真

1956年白驹荣在北京演出，受到了广大观众的称赞，并得到毛泽东、周恩来、朱德等国家领导人的接见，后来被授予“杰出文艺工作者”称号。

白驹荣与梅兰芳、薛觉先合影

1960年在澳门演出《选女婿》，白驹荣饰县官

历任广州曲艺大队队长、广州曲艺团团长、中国戏剧家协会广州分会首届主席、广东粤剧院艺术总指导的同时，他更从艺术表演者转型成为艺术教育家。1958年，以白驹荣为首的众多粤剧大家建立了广东粤剧学校，白驹荣担任校长，此后余生为教戏育人呕心沥血，鞠躬尽瘁。广东粤剧学校的建立转变了以戏班为单位的培养模式，革新粤剧多年来师徒间手口相传的传授方式。为了办好粤剧教育，学校广泛招贤纳士，让学生在感受名家大师的风采中不断成长；为了进一步精进粤剧发声方法，学校不仅聘请专业发声老师，创造性地要求学生练习发声，甚至开设钢琴练声课作为辅助。白驹荣怀着对艺术与教育的热情与眷恋，亲自陪伴学生练声，把一个个学生叫到身边不厌其烦地纠正发音位置和发音习惯，手把手分析人物、理解唱词，反复帮助学生揣摩每一句口白、每一句唱词的感情内涵。就这样，广东粤剧学校在白驹荣的带领下，既重视粤剧传统传承和专业性技能培养，又兼顾文化课学习和综合文化素质提升，实现教戏与育人并重、艺术与文化比肩。白驹荣是良师更是益友，他关心每一位学生，针对生活与人生的迷津，给予关怀与呵护。

当林锦屏（林小群之妹）面临变声期时，白驹荣要求其暂停练声，保护嗓子，帮助其安全度过变声期，使声音在后来得到更好的发挥。他更以“梨园子弟要以戏德为重”作为一生的座右铭，其高度自律的以身作则影响了一代代粤剧表演艺术家把德艺双馨作为毕生追求。就这样，白驹荣作为前辈、师长、父亲，先后培养出了白雪红、白雪梅、林锦屏等粤剧界文艺家。可以说白驹荣穷其一生，为发展粤剧事业、培育粤剧新人做出了巨大贡献。

白驹荣一生致力于粤剧艺术，给后人留下了“白派”精湛的宝贵的艺术财富，被尊为一代宗师和高尚人格的楷模。他胸怀豁达、正直无私、谦虚谨慎、俭朴敬业的精神，以及面对困难从不低头、克服苦难奋勇前行的力量更给后人树立起标杆，他的坚定信仰与孜孜不倦的追求，更树立起一个大写的“人民艺术家”的光辉形象。

1974年2月13日，白驹荣因病医治无效，在广州市第一人民医院逝世，终年82岁。

（张琢琪）

专家点评

一代粤剧宗师

李琼（中国戏曲学会、《中国演员》负责人）

被誉为一代宗师的白驹荣，是粤剧表演艺术家白雪仙、白雪梅、白雪红的父亲。他先后拜郑君可为师习花旦，向吴友山习小生，还曾向多位名师求师学艺，因此涉猎行当众多，包括二花面功架、公脚等行当，表演艺术丰富，还得益于千里驹、薛觉先的艺术影响。

他对粤剧生行艺术不断探索，精益求精。创造了以方言（广东话）取代“官话”（桂林口音），在声腔艺术上将小生行当的假嗓改为真嗓，他是粤剧生行“平喉”的革命先驱。他还从民歌等吸取元素，创造新腔“和尚腔”“参禅腔”“八字二骨”“禅腔二黄”等新腔。他的唱功潇洒飘逸，感悟丰富，韵味浓郁，音色甜美，婉转自如，底气咬字吸纳，独具梵腔特色，获“小生王”美称，被誉为粤剧五大流派之一。

如果按当年传统生行的假嗓音调的高度，要学习粤剧小生的人才难得，对于粤剧这个剧种的发展是有影响的。白驹荣经探索和创新，将生行声腔的音高降低了一两个调门，有利于生行人才的培养，而且悦耳动听，对近百年来粤剧的发展，起到不可估量的作用。作为粤剧“白派”流派创始人，白驹荣在粤剧史上，可称为生行艺术的里程碑！

白驹荣壮年失明后，他的艺志未怠。1948年参加广东曲艺的演唱表演，

1951年担任广州曲艺大队负责人，1953年担任广州市粤剧工作团团长。

作为失明者，要上舞台表演是很难想象的，白驹荣先生居然照常上台表演。他为了在台上走准舞台位置，靠地毯下放的竹片为标记。在双目失明的情况下，他成功塑造了众多性格反差极大、有血有肉、惟妙惟肖的艺术形象。比如，他饰演《二堂放子》中的老生刘彦昌，将夫妻、父子之情，表现得细致入微，感人肺腑；饰演《红楼二尤》中生行夹丑行的贾珍，入木三分地刻画了道貌岸然而灵魂卑鄙的"老淫虫"；《选女婿》中他饰演丑角钱塘县官，他从化妆、服装、身段等方面创造了尖头、身阔、脚短的特殊人物造型，塑造了这个糊涂官的喜剧人物形象……他的艺术技巧结合他丰富的生活经验、智慧、思考、实践的积累，使表演达到炉火纯青，活灵活现的地步，而且观众在欣赏他的舞台表演时，竟然看不出他是位盲人，他创造了古今中外罕见的演艺奇迹，被誉为中国戏剧界的"保尔·柯察金"。1956年，他在北京演出后，受到广大观众的称赞，并得到毛泽东、周恩来、朱德等国家领导人的接见。

1958年，他任广州粤剧少年班校长（现为广州粤剧学校），为教戏育人呕心沥血，鞠躬尽瘁。他创造性地要求学生练习发声，并且开设钢琴练声课。他以"梨园弟子要以戏德为重"作为座右铭自律。他胸怀豁达、正直无私、谦虚谨慎、俭朴敬业的精神，给后人留下了宝贵的艺术财富，还因为被尊为一代宗师和高尚人格的楷模。

匠心赏析

▲ 《二堂放子》（1954年创作，传统神话戏《宝莲灯》中的一场）

宋光祖（上海戏剧学院教授、博士生导师）

白驹荣的《二堂放子》特别引人注目：一来主演（白驹荣）乃年过六旬的失明艺人，他是凭借毯底铺设米字形竹条和对方的声音来辨别方位，靠坚强的意志和丰富的舞台经验去演戏的；二是他的唱做炉火纯青、真切感人。白驹荣身段稳重而带书卷味，很切合人物的年龄、身份与当时的心境。他磁性的“玉嗓”深沉有力、抑扬顿挫，足引证“千斤白四两唱”的梨园艺谚。他能够在平静环境中表现不平静的心境，故举手投足节奏慢，幅度小，但面部表情十分到位，精湛的技艺给人深刻的印象。

▲ 《琵琶上路》

红线女（粤剧表演艺术家）

那时白七叔（白驹荣）的眼睛已经完全看不见了，但依然能唱。他把《琵琶上路》里的张才唱活了。我很喜欢白七叔的唱腔，他的唱腔很正规，没有别人那么多五花八门的东西。

除了唱腔，其为人也很令我佩服，他在旧戏班中是比较老实的人，而且为人很正派。他很平常，不斤斤计较，能开玩笑，讲话也很幽默，在老前辈中实在少见可贵。白七叔最好的是他的“真”，有真情。生活要有真情，演戏也要有真情，他有真，所以唱《琵琶上路》才能带有感情。

马师曾：

最是光辉关与谢
艺坛形象世间稀

马师曾（1900—1964），字伯鲁，号景参，艺名风华子，广东顺德县桂洲马地桥（现为佛山市顺德区容桂地区）人。粤剧表演艺术家，被称为『粤剧泰斗』『一代伶王』。擅演丑生、小生、小武、花脸、须生等行当。他独创的『乞儿喉』及『马腔』半唱半白，顿挫分明，有时还加入方言俚语，活泼滑稽，被粤剧界评价为『史无前例，后乏来者』。马师曾致力于粤剧的推广与改革。他是第一个率先在粤剧中使用方言俚语并引用西洋乐伴奏的人，他还开在粤剧剧团中使用女花旦、男女合班的先河。共演出粤剧剧目350多个，大部分自编自演。参加拍摄的电影有70部。1955年回广州任广东粤剧团团长，后任广东粤剧院院长，是全国政协委员、中国戏剧家协会广东分会副主席。

艺术观

◎粤剧需要变革，诚为不可掩讳之事。一方固需效他方之长，一方仍需保存粤剧之精华，从而发扬之。

◎纯粹的“话剧加唱”是不存在的，各个剧种表现现代生活总会有一些它自己的东西。

◎初学的演技，不但要熟读一本本厚厚的手抄的曲本，还得注重每一个细微的演技，绝不可以马虎了事。

◎凡是新编一剧，就要顺着现代的人生编排。

——马师曾

创作之路

演员成功三个条件：声、色、艺。

这三条，马师曾都不沾边。

他是有名的豆沙喉，走科班的话，连报名的资格都没有。

再配着一张大嘴，一米六三的小个子。

而且，18岁才半路出家。

但是，他红了，火了，且成为一代宗师。

因为，他走的就不是一条寻常的路子。

少年流浪，以戏立身

马家是个书香世家。遗憾的是，到马师曾时，家道没落了。1907年，因为祖父经商失败，一家三代举家离开广州，为的是——躲债。不过，好在世家毕竟是世家，他们去武昌投靠的曾叔祖马贞榆是两湖书院经学馆馆长。于是，躲债的马师曾接受的教育是相当有品质的，四书五经二十四史，书法绘画篆刻，中国文化的精粹是一样不落。

这于他而言，绝不一般。不管从事哪个行业，世家的眼光风范素养总是随身携带着的。

1911年，武汉爆发了辛亥革命。11岁的马师曾在兵荒马乱之中又随家人

青年马师曾

辗转逃离武汉回到广州，住在西关曾家大巷，并入读清平两等小学，15岁毕业后考入敬业中学读书。在小学和中学年代，马师曾开始对戏剧产生兴趣，常参加学校组织的“文明戏”的演出活动，并偷偷往东堤观看著名艺人新华、朱次伯等人演出的粤剧。

中学毕业后，遵父母之命，他离开广州到香港一个远房亲戚开的铜铁店里当学徒，因不堪老伙计的欺侮和老板的无理责骂，做了三四个月就离开香港，回到广州。但他不敢回家流落街头，生活无着，被迫进入了陈圹南的太平春戏馆学戏，自己给自己起了个艺名，叫“关始昌”，与老艺人师傅佳签了相当于把自己卖了的“头尾名”，开始了粤剧学徒的生活。

1918年初，师傅佳把马师曾介绍给从新加坡回来招收演员的老艺人大牛叶，马师曾表示愿意前往新加坡演戏，师傅佳即把马师曾的“头尾名”（立合同）转卖给大牛叶，马师曾从此就被卖到新加坡去了。船抵新加坡上岸前，马师曾与同船的100多个中国人，被迫接受英殖民当局的检疫，受尽各种侮辱，使马师曾产生国弱民穷遭受殖民主义者欺压的悲愤。抵达新加坡后，马师曾加入了庆维新班，因不满大牛叶失信没有让他当丑生而当马旦，愤而离开戏班，在老同学陶哲臣的帮助下，在养正小学校任教数月。不久，庆维新班的小生全同情其遭遇，出钱替他赎回“头尾名”，他这才恢复了自由身。小生全还介绍他到尧天彩班任第三小生。

马师曾改艺名为风华子，到文冬埠演戏，巧遇国内著名粤剧艺人新华到新加坡游埠演戏，遂与他同台演出《苏武牧羊》，并受到新华的赞赏。演完一个月的班期后，马师曾应金宝庆维新班“大旗亖”崔贤的招聘，到文冬埠演出《杜十娘怒沉百宝箱》等戏。不久，马师曾因受同班艺人排挤而失业，只好到怡保埠的戏班中做“挂单和尚”，等候时机找职业。在怡保找不到工作，只好又回到文冬埠，先后卖过膏药、做过矿工、当过掌柜、在戏班打杂。1919年，马师曾被新埠的平天彩班聘为第三小生。此时，他立志献身戏剧事业，为此勤学苦练。

《搜书院》剧照

在平天彩班，他得到戏剧新派人物、男花旦小湘凤（靓少凤）的支持和帮助，得以合演靓少凤编写的时装新戏《癫、嘲、废、慈》，马师曾扮演“烂赌二”一角。首场演出便轰动新埠，马师曾崭露头角，他不拘一格、跨行当的创造性表演，大获观众好评，但也受到思想保守的同行们“捞过界”的指责，并掀起一场轩然大波。演完这个新戏后，马师曾被提升为第二小生，并与靓少凤另组新班，在端洛演出《白蛇传》，他扮演的许仙做唱细致，大受欢迎，班里人都说：“风华子第二小生一炮便打响了！”

在新埠演出时，他与著名艺人靓元亨相遇，同台演出《海盗名流》等剧，并拜靓元亨为师，学习他的小武行当等技艺，后随他到新加坡加入普长春剧团在梨春园戏院演出，这时，他开始启用马师曾本名。

在此期间，马师曾遭到两次挫折，一次是由于靓元亨过高估计马的演戏才能，把他作为台柱演员标明在海报上。而按南洋当时的戏行规矩，台柱演员是要有自己的首本戏的，年轻好胜的马师曾硬充好汉，连夜编了一个长戏《洗冤录》充当自己的首本戏，由于剧情平淡，本人又非剧中主角，因而被观众喝倒彩，班主和靓元亨也颇为不满。另一次是演出《斩二王》时，马不懂传统表演艺术，闹出饰演韩龙被斩首三次才死去的笑话。

可见，大师的成长之路也是磕磕绊绊的。

不过，马师曾有一个很大的优点就是虚心和勤奋。被喝倒彩，闹出笑话，没关系，不懂就学。他虚心刻苦地向靓元亨等人学习粤剧传统表演艺术，发奋钻研粤剧的编剧。同时又保留自己大胆的一面，敢于打破旧粤剧的各种行当规矩的限制，把小武、小生、老旦等糅合起来运用，丰富了演出形式，给观众耳目一新的感觉。他编的《炸弹迫婚陈皮下气》《金钱孽果》《孤寒种娶观音》《古怪夫妻》等几个时装古装新剧，几乎场场满座。

马师曾从此“扎起”，声望甚至超过了靓元亨，成为知名的“洲府老馆”。

《关汉卿》剧照

“乞儿喉”唱腔声震省港

在南洋这个异国他乡，马师曾演戏演得卓有成就，但也受到同行的排挤和压制。1923年，在香港普庆戏院“大旗手”聂耀卿等人的帮助下，马师曾回到香港。他发挥自己诙谐、机变、通俗等特长，以及从靓元亨身上学到的小武的演唱艺术，迅速地在香港找到了自己的位置，使所在的戏班人寿年班日夜戏都非常旺台。

也就是在此时，他创造出著名的“乞儿喉”唱腔，正式在粤剧这一领域开拓出自己的疆土。在演出《苦凤莺怜》时，马师曾扮演余侠魂一角，“乞儿喉”产生于此。这种唱腔节拍明快，有如“天马行空”般自由驰骋。它特别之处，是模仿旧社会街头小贩的叫卖声，运用嗓音糅合乞丐的乞讨声，把生活中的语气助词“呢”音化入行腔里，故而显得幽默、谈谐、有趣而又口语化。

马师曾创造这一别致的声韵，唱功主要是偏重于运用喉音发出混浊声调，而制造略带沙哑的音质，令人听起来有奇特感觉，又因其丹田底气甚足，所以声韵悠扬。在马师曾此后数十年从艺生涯中，“乞儿喉”日渐成熟和完善，形成驰誉海内外的著名的“马腔”。

在唱腔艺术处理上，“马腔”胜在变幻莫测、挥洒自如，配合大量小曲演唱，益觉其口语化、通俗化，能让妇孺皆懂。此唱腔的特色就是不拘一格，有时为了不伤曲词本意，在一个很短的旋律里唱出十多个字的词句；有时将工尺改变，将字音变调唱出，甚至可以拖腔长达20秒。

“乞儿喉”，让马师曾声震省港剧坛，进入粤剧大师与泰斗行列。1925年夏，马师曾离开人寿年班，由刘荫荪出资与陈非侬等人另组大罗天剧团。大罗天剧团由于新编剧目多，在剧本内容和表演艺术上大胆革新创造，演员阵容强大等原因，演出非常旺台，成为与人寿年班并驾齐驱的著名剧团，马师曾的声名也日益显赫。但他仍非常注意学习和研究梅兰芳、金少山、马连良等国内著名演员，以及外国影星查利•卓别林和范朋克等人的技艺。同时，他还被聘为由欧阳予倩等人组织的戏剧改革委员会委员，积极参与戏剧改革活动。

1933年3、4月间，在美国逗留了两年时间的马师曾返回香港。他接受太平戏院老板源杏翘的邀请，主持组建了太平歌剧社（后改名太平剧团），从剧团的名字就可看出马改革粤剧的意向。当时，他被新闻界称为“新派粤剧泰斗导演兼主演艺术巨子”。他着手进行了一系列戏剧革新工作，如把电影的导演、排练制度引进粤剧，把硬景、灯光等舞美技术装备，运用到粤剧舞台上，又如吸收女演员谭兰卿、上海妹到戏班中来，首创男女演员同台演戏的“男女班”。他不断推出新编剧目，引用大量的西洋乐器，以丰富粤剧的音乐等。

近十年时间，太平剧团的演出业务兴旺，影响深广久远，与薛觉先领衔的觉先声剧团展开艺术上的竞争，彼此并驾齐驱，各有千秋，粤剧史上称之为“薛马争雄”时期。

1931年，日本帝国主义在东北制造了“九一八”事变，并逐步加速侵华步伐，激起我国人民的愤慨和抵抗。马师曾回到香港后，和太平剧团成员每月都捐出部分月薪，支援东北义勇军和上海十九路军的抗日斗争，十年如一日，直至该团解散。广州沦陷前夕，为了支持抗日救国，马师曾个人献金万元，并亲自从香港乘船回广州捐款。

与梅兰芳在一起

1941年底，日本侵略军侵占香港，马师曾称病拒绝日本特务禾久田的组班演戏的要求，并冒险逃离香港到达澳门，再转往湛江抗战区演戏，其中许多场是为劳军、救济难民、筹募寒衣等义演。随后，又组织抗战剧团赴广西，起用红线女为第二花旦，每次演出时，都请观众起立，乐队高奏《义勇军进行曲》，以激发人民大众的爱国热情。在玉林演出了两个月，即被第四战区长官部政治部强行纳入其编制。

1944年夏，应桂林大众戏院之请，马师曾带领的胜利剧团前往桂林，原太平剧团著名演员新细伦加盟，演出深受欢迎。不久，日本侵略军进犯广西，桂林告急，马师曾仍坚持演戏，并率团参加“团结抗战，保卫大桂林”的游行集会，上街开展宣传抗敌工作。桂林沦陷前夕，马师曾率剧团离开桂林前往平乐、八步，历尽艰辛，积劳成疾，终于病倒，被迫停演养病。稍后，他继续演戏，直至抗战胜利，才率团离开广西八步，经怀集、封开到罗定、肇庆、佛山等地演出。

1945年冬天，马师曾的胜利剧团应邀回广州演出，先后在海珠戏院演出《还我汉江山》、在乐善戏院演出《艺苑狂夫》等剧，还到香港、澳门及广州附近的县城演出，都很卖座。是时，马师曾和红线女定居于香港，有班主聘请才回广州演出。1946年，他被选为广州八和会馆主席。

1948年，马师曾把胜利剧团改名为飞马剧团，1950年又改名为红星剧团，演出剧目有很卖座的《我为卿狂》等。进入20世纪50年代以后，马的红星剧团曾回广州做短期演出，并曾不顾港英当局的警告，回广州参加抗美援朝的爱国群众游行和宣传活动，以及参加粤剧界义演献金活动。他还参加编写和演出反映华南解放前夕，广东农民反官僚、反地主恶霸、反内战的现代剧《珠江泪》。此时香港的粤剧演出减少，粤剧名伶多改拍粤语电影，马师曾也拍过十多部粤剧和粤剧电影，如与红线女合拍的《我为卿狂》《审死官》，与紫罗莲合拍的《神经爵》，与余丽珍合拍的《十奏严嵩》和《帝苑春心化杜鹃》等。马师曾还加入了香港进步的电影机构中联影业公司，成为21位股东之一。该公司曾拍过根据巴金小说《家》《春》《秋》改编的影片，根据曹禺话剧《原野》改编的影片等。

20世纪50年代初，马师曾、红线女主要在香港从事粤剧舞台演出、灌制唱片、拍摄电影，有时也出国演戏，如到越南堤岸做短期演出。

1953年左右，红线女组织真善美剧团，马师曾、薛觉先、红线女合作演出作为改革实验剧目的《蝴蝶夫人》和《清宫恨史》《一磅肉》《昭君出塞》等剧。该团在剧本、音乐、舞美、排练制度和演出方法等方面，都做了革新尝试，并取得可喜成绩。

立下粤剧改革里程碑

如果1955年马师曾没回广州定居的话，他的艺术生命应该就像50年代初的那几年那样了。但他回来了，他艺术的生涯再次启航，以《搜书院》和《关汉卿》创下粤剧新高峰，也让自己的艺术达到巅峰状态。

回到广州的马师曾为粤剧艺术奋斗的信念愈发坚定，他决心对日益式微、改革难度甚大的粤剧老生行当，进行全面的兴替创新的改革实践。他领衔主演了《搜书院》和《关汉卿》两个传之后世的经典剧目。他根据自己洪亮而稍欠圆润的嗓音，扬长避短，对其青年时创建的“乞儿喉”不断发展和完善，形成一种旋律跳跃、顿挫分明、吐字短促而有力、行腔活泼而滑稽的唱腔，这就是成熟的“马腔”。马师曾在《搜书院》和《关汉卿》里塑造了谢宝、关汉卿两个艺术形象，唱腔保留了“马腔”在旋律、顿挫、吐字方面的特点，行腔则根据两个人物的不同身份、性格做不同的创造。谢宝是书院掌教，行腔苍劲有力，拖腔趋向深沉；关汉卿是艺坛才子，行腔潇洒飘逸，拖腔略带花巧。

较之早期的“乞儿喉”，“马腔”已经具有更加通达的叙事性和雅致的抒情性，板式与曲调的连接变化更加挥洒自如，气、声、字、情的结合发挥更加水乳交融，特别是对音乐形象的塑造有着更加鲜明的目的和准确的表达。

此时的马师曾，表演已达到了出神入化的境界。他扮演《搜书院》中的谢宝，为了表现角色的严正刚直，形体动作沉稳而安闲，内紧外松。为了塑造《关汉卿》中傲骨热肠的关汉卿的艺术形象，他总体的表演基调趋向愉悦而明快，激情澎湃。可以说，他的表演既师承了靓元亨手、眼、身、步分寸准确，节奏鲜明的特点，又善于把传统程式加以改造运用，并能够把各阶层人物带有特征性的手势、动作加以提炼、夸张，成为他自己的舞台动作，使他塑造的舞台形象有浓郁的生活气息。

他获得的认可也是巨大的。

1956年5月，《搜书院》到北京演出，受到热烈欢迎。首都戏剧界好评如潮，无论在座谈会上的发言和发表的文章，都一致赞扬粤剧改革的成绩和马、红等人的表演。伊兵文章的题目就叫作“《搜书院》——粤剧改革的里程碑”。叶恭绰撰文说：“这一次粤剧团的演出……此前粤剧芜杂混乱现象，今已一扫而空。”梅兰芳写文章赞扬马师曾：“表演得非常鲜明动人，尤其是停顿中的独白，娓娓动听，表现出一位老成持重的老先生深沉大量，给了人深刻的印象。”阿甲在文章里说谢宝的舞台形象“昂昂然像一头仙鹤”，表现的品格是“严冬不雕的苍松，笑傲风霜的秋菊，出污泥而不染的青莲”。

（张晋琼）

专家点评

马师曾的艺术特色

李门（戏剧理论家）

他的戏路广

各种行当马师曾都演过，但突出的是丑生。他在丑角的人物中也常常渗进一些喜剧成分。在《刁蛮公主戆驸马》中他是威武的雉尾生，却在洞房一场以丑生的姿态出现，甚至在小武戏中也带有幽默的味道，在他来说，是力求避免性格单一化。他的丑角戏更是无所不包——古装的、时装的，老的、少的，男的、女的，富有的、贫穷的，都演得左右逢源，头头是道。

他的创造性强

他的创造性很强，方法上基本是现实主义的。他主张在艺术上不落陈套，几十年来他破了不少东西，也立了不少东西，在舞台上形成了自己的风格。他的唱功以梆黄为主，并把小曲唱得十分“露字”，主张随曲生义，随义生情，他简直不是在唱曲而是在演曲。

马师曾从小贩叫卖声的启发中创造了带沙哑而很清楚的歌喉（乞儿喉），用白话唱出很生动的中板，十分适合表现下层人物。在乐器上，他用了北乐九音云锣、南乐扬琴合奏和西乐沙士管等，配合当时粤剧乐队的各种革新，形成了粤剧音乐的兴盛时期。更重要的是他常常苦思积虑于如何创造自己所演的人物，他通过观察生活和不断推敲而创立了独特的风格。

他的艺术是大众化的

他的艺术是通俗化、大众化的。他的演出常常深入浅出，老妪都懂。他提倡通俗，反对风花雪月，咬文嚼字。他喜欢叙事由（如《苦凤莺怜》中余侠魂的大段“中板”），喜爱丰富的动作，不喜欢酸溜溜的所谓写景写情。在大罗天剧团创编新戏时，曾遭到不少老艺人的责难。

马年轻气盛，为了做出答复，写了《我的新剧谈》，里面谈道：“我国戏剧，开化最早，周有佾舞，汉有乐府，晋有伶官，唐有梨园，金有院本，元有杂剧，明清则有传奇昆曲皮黄秦腔粤调，迭出不穷。以迄民国肇建，则有京剧、粤剧、白话剧、歌剧之分，并皆佳妙。……可是近年以来，中外的交通多么便利，生活的变迁多么剧烈，我们的伶人依然死守着什么场口、步武的成法，什么靶子演唱的老例，纯粹用图案做脊椎，决不能站起来自称艺术。在此电影戏和舞台戏竞争剧烈当中，那有不一败涂地的道理呢！”他的意见有过火的地方，但那种要求破旧立新的精神是可以理解的。

他认为戏剧要有教育意义

他不敢忘记戏剧是有教育意义的。他自南洋回国后，即觉得要“探讨人心的深邃，表现生活的原力”，创作了不少新剧本。他又觉得“国人于娱乐之余，兼知劝惩之义”，因此虽然过去他的某些作品由于时代局限尚有浅薄滑稽的诟病，但也有不少具有劝惩之义的剧作。

为粤剧艺术留下丰厚文化遗产

红线女（粤剧表演艺术家）

演起角色来他就不是马师曾了

看过马大哥排戏和演出，我感到他和一些前辈大老倌有不同之处。他明明是马师曾，但演起角色来就不是马师曾了，并且扮演的角色各不相同。在《刁蛮公主戆驸马》一剧中他扮演的戆驸马，既演出了虎将的威风，又表现人物在特定情景下那种憨直、憨厚、调皮的性格。他在《苦凤莺怜》中扮演余侠魂这个市井底层的小人物，入木三分地刻画了他的无知却又有点小聪明；为了给苦命的被奸人所害的冯彩凤申冤，他挺身而出，仗义执言，虽为此被打得几乎丧命也义无反顾。他的表演给观众带来了焦急与忧虑，也带来了喜悦与欢快。马大哥的这种从生活中提炼并进行艺术夸张的表演，毫无矫揉造作之弊。对马师曾前辈的这点深刻印象，一直成为我从艺60年来学习的榜样，我从中体会到，戏曲的唱、念、做、舞，都是为了塑造人物形象。

自编、自导、自演的粤剧奇才

马师曾在《审死官》中扮演宋世杰一角，在人物处理和表演手法方面，都与其他剧种迥然不同。宋世杰是一名放弃举业的秀才，为一位被奸人诬陷的寡妇申冤，拼死力斗几个高官，使冤情终于大白。马师曾以丑行应工，塑造了这个刚烈正直又颇具幽默才华的人物，他发挥嬉笑怒骂的表演艺术，使粤剧《审死官》有别于其他剧种的《四进士》，成为粤剧特有的别具风格的喜剧，这是马师曾在舞台艺术中的一次杰出创造。

他还演过《三娘教子》里忠诚维护少主人的义仆薛宝（公脚），演过降汉不降曹的关云长（红生），演过见利忘恩卑鄙无耻的洪承畴和《拾玉镯》中的刘媒婆……马老师演过的出色的戏和角色，不胜枚举。自编自导自演过300出戏的粤剧艺术家马师曾，为岭南文化、为粤剧艺术留下一份丰厚的文化遗产，他堪称千人千面地把写实表现与粤剧表演程式融为一体的粤剧艺术大师！

匠心赏析

▲ 《野花香》

红线女（粤剧表演艺术家）

我与马老师同台演出《野花香》，少说也有五六十场，他扮演的姚其琛一角从庄而重之的责妻训子，到初遇“野花”时的不屑一顾、目不斜视，后来逐渐被“野花”诱惑得欲火中烧，从而与他所谓的“尊严”在内心展开激烈的冲突，真如抽丝剥茧，层层深入。当“野花”拿起他的文明棍把他拖入内房的刹那间，观众席上响起“伪君子”的满堂斥责和慨叹之声，于此，可见马老师表演人物所产生的深刻效果。

此剧演到姚其琛为把“野花”据为己有，迁怒于其子侄，最后责打家人甚至拿起文明棍驱逐其妻，每次我都站在上场门看舞台上的演出。我感到马老师演戏是确实投入了真情实感的，因而具有非常感人的艺术魅力。他的表演手法是写实派，但是又融入了恰当的粤剧表现程式，所以，姚其琛这个人物的表演具有浓厚的生活气息，但其动作、语言又体现出他是舞台艺术中的人物，而不是自然主义地模仿生活中常见的人。从马老师创造姚其琛一角的艺术表演，也丝毫看不到他与塑造宋世杰那个角色有任何相像的地方。

▲ 《苦凤莺怜·庙遇》

莫汝城（粤剧编剧）

在《苦凤莺怜·庙遇》一场，余侠魂与冯彩凤一段对手戏中，按照其内容应有三次“对拜”。“对拜”是戏曲舞台上很常用又很平凡的程式，粤剧一般是用〔开边〕锣鼓，两人相对跪下表示拜谢和还礼。如果在一段对手戏中连用三次之多，势必使人感到重复、乏味。但马师曾加进新的创造，就把这个平凡的程式用活了。

第一次“对拜”是余侠魂帮助冯彩凤从贼人手上夺回被抢去的银子，冯彩凤跪下拜谢，余侠魂这次用的完全是传统形式，对面跪下还礼。第二次是余侠魂说出了冯彩凤被陷害的内情，冯的女儿还信不过他这个“癫唔癫，废唔废”的人所说的话，他跪下来发誓自己所说全是真的，冯彩凤再次下跪感谢。这次余侠魂已经知道她总镇夫人的身份，连忙一个弹跳，向旁边跳开一步，避开她的大礼。第三次是冯彩凤母女完全相信了他，双双跪下请他帮助申雪冤枉，总镇夫人、小姐如此礼重，使他大吃一惊，他先大步跳开，接着用一个“蛤蟆跳”的身段，全身俯伏答礼，最后滚一个“有头鸡”起身拖起冯氏母女。

三次“对拜”，三种变化，不但不使人感到重复、乏味，而且使整个舞台灵活多变，充满了妙趣横生的喜剧气氛。余侠魂那两跳和一个俯伏，并非只为制造笑料，即现在时兴的所谓“搞笑”，而是完全从余侠魂这个人物的身份和性格出发的。作为封建社会里的底层人，他觉得受不起总镇夫人的大礼，只好跳开闪避；既然你们以如此隆重的礼待我，我就还给你们一个全身俯伏更隆重的礼仪，这又完全符合他“你敬我一尺，我敬你一丈”的江湖意识。

洪妙：

匠心磨砺撼潮音
白首穷艺树常青

洪妙（1904—1986），广东省汕头市澄海区人，著名潮剧表演艺术家。洪妙出生于泰国，1930年在泰国加入潮剧老怡梨戏班，成为正式的潮剧演员，后随戏班回到中国。1956年从老源正潮剧团调到刚成立的广东省潮剧团，翌年随团上京主演《杨令婆辩本》，饮誉京华，被誉为『活令婆』。1958年随团归广东潮剧院。曾任广东潮剧院艺术顾问委员会委员、中国剧协广东分会顾问、中国戏剧家协会会员、广东省第三届政协委员等职。

洪妙工老旦，兼女丑。其艺术特色在唱与做两方面见长。他使用以真嗓为主、真假嗓结合的发声方法，音色高亢明亮，咬字清晰，运腔稳健自如，其音高一般老旦不能及。其唱功技巧高明，韵味醇厚。其做功表演强调师法生活，擅长运用自己的生活经验，对戏曲表演程式进行灵活运用和再创造。他扮演的艺术形象，均带有潮汕的世俗风格，在海内外观众心中留下了深刻的印象。

艺术观

◎演戏，向内行人求教，这自然十分重要，但能多到群众中去听听意见和求得帮助，往往更为重要。

◎字无百日见好，艺非百日可精，从事艺术的人千万不可听到人家说行了，就以为够了，要活到老，学到老。

——洪妙

创作之路

洪妙致力于潮剧艺术事业有70多年的历史。20世纪20年代末期，他加入泰国的潮剧戏班，在南洋一带唱红《杨令婆辩本》，因其活灵活现的扮相与别具一格的唱念获得了“活令婆”的美誉。后来，他辗转于祖国与泰国两地演出，也遭遇过诸多坎坷，但从未停止过勤学苦练。新中国成立后，洪妙孜孜不倦地在潮剧表演艺术中奋力开拓与深造，创造了许多极具魅力的老旦、女丑形象，如《杨令婆辩本》中的杨令婆、《苏六娘》中的乳娘、《妇女代表》中的江母等。1956年，他调到广东省潮剧团，将《杨令婆辩本》精雕细刻，推向新的艺术高峰，并在此后随团赴京、港演出，进一步向全国及海外观众推广潮剧艺术。年届高龄时，洪妙依然活跃在舞台，与青年演员合演剧目，亦常亲至剧团指导与学习。

洪妙的演唱艺术在潮剧舞台上别具一格，其演技艺术堪称“绝唱”。他用真假嗓结合的唱腔创造性地拓宽了男声音域，丰富了传统潮剧的发声方法，独创一门“洪腔”流派；他的演绎源源不断地从生活中汲取艺术营养，实现艺术对生活的提炼与再创造，为潮剧表演艺术的发展注入了新鲜活力。

凭借几十年的磨砺、探索与创新，以及在艺术追求中坚定执着、永不满足的钻研精神，洪妙以其日臻完善的技艺，征服了万千潮剧爱好者，也成为潮剧艺术史上的一颗璀璨明珠。而舞台背后隐去的，是一条历经曲折坎坷、荆棘满布的求艺之路，经历过灾荒、战争与社会动荡的洪妙，始终抱持着演艺初心，走出了一条无可复制的人生求艺之路。

结缘曲艺：锣鼓纸影启艺蒙，初出茅庐震南洋

1904年，洪妙出生于泰国。4岁时，由父亲带回祖籍广东澄海县隆都乡，与祖母等一起生活。洪妙的祖母是农村妇女，爱看潮剧、唱歌册，常给洪妙讲《万花楼》《杨家将》等戏曲故事。耳濡目染中，洪妙对音乐和戏曲产生了莫大的兴趣。作为一个天真活泼、聪颖顽皮的孩子，洪妙对一切新鲜事物充满好奇心。一年秋天，村人请人教习潮州大锣鼓，每当锣鼓声响，他就往祠堂里跑，有时在祠堂里一站就是几个小时。6岁那年，洪妙就被锣鼓班收下当司鼓。这些孩童时期获得的曲艺启蒙，使洪妙与戏曲演艺早早地结下了不解之缘。

洪妙8岁时，参加了村里的纸影班。纸影演的是潮剧，演员不但要操纵纸影，兼唱各种角色，还要会使用乐器伴奏。洪妙在纸影班先后师从瞎眼松和许粦程，学会了《杨令婆辩本》《包公会李后》《柴房会》《挨豆腐》等十余个剧目及《扫纱窗》等重场唱功戏，演唱过青衣、老旦，有时还兼司鼓、领奏。具备优秀的嗓音条件又获得专业的指导，加之勤奋刻苦的学习，洪妙在纸影班进步飞快，19岁时便崭露头角，在粤东、闽南的乡村里小有名气。不过，在纸影班只有逢年过节、游神赛会时，才能受聘演出，平日则是走唱求赏、做“功德”（一种佛事活动）挣钱，生活并不稳定。1925年至1927年间，洪妙由于倒嗓离开纸影班，学吹唢呐，待嗓子稍有恢复，又学唱了汉剧（外江曲）。虽然没有获得固定的工作，但洪妙既拓宽了知识面，学习了多种技艺，又开阔了眼界，观察及接触了形形色色的人，极大丰富了生活体验，也为未来的艺术创作打下了基础。

1929年，洪妙在泰国加入潮剧班，时年25岁。起初，他由亲友介绍到老正兴纸影班，重操坐棚演唱的旧业，唱的是在家乡已唱出了名的一些剧目。经过倒嗓后的苦练恢复，洪妙的嗓音愈发洪亮、圆润、浑厚、清甜，在异邦泰国迅速走红，广受好评。洪妙甚至还因此遭到嫉恨，在一次和中一纸影班唱对台戏时斗败对方后，洪妙被对方买通的当地流氓砍伤鼻骨。身体的伤痛

没有击倒洪妙，伤愈后又有一些纸影班争相纳聘。恰逢正在曼谷西湖戏园租场演出的老怡梨潮剧班欠缺老旦演员，经多次协商，洪妙以每月180铢的重金（在纸影班，月薪通常只有三四十铢）受聘入班，正式成为潮剧演员。

洪妙入班不久，便在潮剧舞台上以一出《杨令婆辩本》轰动了正处鼎盛时期的曼谷潮剧界。洪妙在纸影班时早已把《杨令婆辩本》唱得轻车熟路，只是从未学过招式举止，这次初出茅庐而得以一唱成名，也要归功于戏班里指点其关目动作的阿猪师父。当然，《杨令婆辩本》的成功更离不开洪妙个人的积累与苦练。据称当时演出里，洪妙的唱功尤为突出，行腔吐字始终轻松自如，游刃有余，博得观众一致的喝彩。骐骥千里，非一日之功。洪妙在近20年的时间里，与社会底层人民生活在一起，接触及学习了多种民间演唱艺术；又克服重重困难，日复一日地苦练，积极地丰富、提高自己的唱腔艺术，直至形成个人独特的唱腔风格，不可谓不是厚积薄发的结果。唱红《杨令婆辩本》后，洪妙声名鹊起，还随戏班前往越南、马来西亚等地演出，演技渐长，戏路渐宽。

1959年潮剧团在北京演出期间，洪妙（前排左）拜访京剧大师梅兰芳（中）

艺路坎坷：命途多舛志不移，苦心孤诣艺臻备

1932年，潮剧在东南亚一带开始走下坡路，老怡梨戏班回到国内的潮汕一带演出。当时潮汕流行演“天光戏”，即从黄昏演到翌日天亮，戏曲演员们收入不菲，却要以辛苦工作为代价。洪妙是吃过苦的人，习惯了过苦日子，甚至在术业方面他还要积极地“自找苦吃”。他把握空闲的每一分每一秒，拼命地学习、练功，并坚信只有不断进取，精进自己的技艺，才能在潮剧界占据一席之位。

1934年，在洪妙再次前往泰国，受聘于中正顺潮剧班的时候，他的戏路已经大大拓宽了，不但能演《杨令婆辩本》《包公会李后》等唱功戏，还能胜任《唐僧出世》《朱洪武》《薛武》等多出连台本戏中的角色。这是他在东南亚一带唱《杨令婆辩本》出名后艺术上取得的又一次突破。

好景不长，正当而立之年的洪妙迎来艺路的黄金时期时，厄运再度袭来。1937年中正顺戏班解散，洪妙也因用声过度再次遭遇倒嗓失声，无法再登台演唱，只得辍演回家，千方百计地找中医调治。嗓音有所好转后，又马上恢复了训练。完全康复后，洪妙又入老玉堂潮剧戏班扮演老旦。

至1939年，日军占领潮汕，戏班散了，洪妙只得四处漂泊谋生，演艺生涯再度遭创。在福建诏安、东山一带，洪妙靠沿街卖唱度日，白日走唱，夜宿庙堂，携妻挈女流浪了5年多。这种漂泊不定的流浪生活一直持续到1945年春，洪妙受聘加入永乐潮剧班才得以终结，后又受聘至老一枝香潮剧班，中途也加入过纸影班。

这十余年里，洪妙的生活极不安定，求艺之路频频受阻，还要背负养家糊口的重担。艰难困苦中，洪妙始终心系潮剧，即便是在家休养嗓子的时候，也要琢磨表演方面的问题。由于与祖母一起生活，他便有机会更加细致入微地观察到祖母的一举一动。他看着祖母抱着小曾孙，一行、一坐、一立都小心翼翼，生怕把小孙儿弄醒；要坐时，因关节不灵敏，得费很大的功夫，直着身子顿坐，随后嘴唇还频频颤动喘气。他一边观察老太太的举止神貌，一边反复模仿着，琢磨着如何用到杨令婆身上。今日我们所看见的

《杨令婆辩本》中洪妙扮演的杨令婆，会在金銮殿上微微颤着枯涩的唇，会颤巍巍地弯下膝盖，费力地坐下来，这都是洪妙在细致地观察与模仿祖母的举止，以及对剧情进行反复的考量后精心设计的结果。一个老态龙钟、虽激动却极力克制义愤心情的杨令婆透过洪妙的精湛演绎跃然台上，无比真实而富有感染力，几乎让人丝毫察觉不出演员洪妙本人与角色杨令婆之间的距离——这也正是戏曲演员对所扮演角色最高明的塑造。这样的艺术高度绝非一朝一夕所能及。洪妙对老旦深入骨髓的理解，建立在他几十年如一日对角色千锤百炼的钻研之上。这种取材于生活的表演方式，也造就了洪妙独到的表演思想及独特的表演风格。

演艺高峰：精妙唱做塑风格，饮誉艺坛“活令婆”

1949年秋，潮汕解放，洪妙加入老源正潮剧团，艺术生涯开始迈向高峰。不惑之年的他对潮剧满怀热情，练功、演出都十分积极，随剧团到农村参加土改，出演了众多以配合土改、抗美援朝和贯彻婚姻法等为内容的现代戏。

1956年，洪妙被调到刚成立的广东省潮剧团。隔年，他随团到北京演出《苏六娘》和《杨令婆辩本》等剧目。潮剧虽然已有400多年的历史，却只是流行于粤东、闽南及潮籍华侨聚居的东南亚的地方剧种，真正跨越岭南，登上北京的舞台，却是此时才开始的。洪妙出演的《杨令婆辩本》，在首都观众心中赢得了很高的声望，他自此成为潮剧老旦的代表，至今仍是前无古人后无来者。潮剧研究专家林淳钧说，洪妙先生出神入化的表演，尤其男扮女角的惟妙惟肖，令人叹为观止，曾有观众写信给他，称他为“洪妙女士”，由此可见一斑。27场折子戏后，潮剧以其独特的艺术魅力征服了首都观众，时任中国剧协主席的田汉先生亦赋诗盛赞该次演出——“潮音今已动宫墙”，而《杨令婆辩本》与《扫窗会》《闹钗》一同被京剧艺术家李少春誉为潮剧的“三块宝石”。

接着，洪妙又于1959年参加影片《苏六娘》的拍摄。后又在1960年和1980年两次随广东省潮剧团赴香港演出，进一步赢得了观众的口碑。即便其间经历过十年浩劫，洪妙对潮剧的热情依然没有衰减，他被迫回到澄海县隆都乡当牛倌和“鸡司令”，还能一手牵牛，一手持椰胡，在野外草地上自拉自唱。

中年的洪妙两鬓斑白，双颧微突，其间的双眼圆小而微微凹陷，却灵活而有神采，薄薄的嘴唇下是丰满朝上的下巴，浑然一副老旦的好扮相。几十载岁月并不仅仅在他的容貌上留下痕迹，更沉淀了他的表演厚度。此时，洪妙的演唱状态也来到了最佳的时期，其唱腔与表演均显现出鲜明的个人特色。

洪妙唱腔艺术之高明，在于其气息运用、发声方法、咬字吐词三大技巧上都有出色的表现，且结合自己多年的体悟，形成其独特的个人风格。

洪妙具备扎实而灵活的运气功夫，他的气息自然饱满，沉着自如，演唱的耐力强，适应性大，也就具备了永葆歌唱艺术青春的能力。不论是唱婉转抒情的长曲、激昂浓烈的短曲，还是唱高昂挺拔、低回温文的各种曲式，他始终能保持有力而连贯的气息，使发声有足够的“动力”。发声时的气息运用，要依据不同的人物情感、词意与曲调的变化而加以选择，并运用各种不同的呼吸方法。洪妙常说，唱曲要学会“做气”，而且要学会各种运气法，如深气、浅气、大气、细气、偷食气等等，都要合理配搭，科学使用。洪妙将偷气法用得出神入化，能在各种起伏变化大，曲调和词意都不容许间断的长句子中，把气偷得轻巧自然；又能结合运用不同的运气方法并加以强弱变化，使整段唱腔抑扬顿挫，若断若续，起伏婉转，用以表达强烈而真挚的情感，达到“气断声不断，声断情不断”的艺术效果。以《杨令婆辩本》为例，洪妙以情出腔、以情带声，即便在年届八旬之时，还能一口气唱足40分钟，吐纳自如，毫无疲累之态。

掌握好运气方法后，还须具备相当的发声功底。洪妙广为人称道的，正是其真假声巧妙结合的方法。据说，洪妙起初也使用传统的实声唱法，在经历变声、倒嗓后，难以再进行纯实声演唱，便从过去所学的“外江曲”（广东汉剧唱腔）中，摸索出真假嗓结合的发声方法，巧妙地运用到潮剧唱腔中来。

作为男成年演员唱实声或细声，都是不容易唱得好的。而洪妙则能唱得松亮而不虚，既有感情又有穿透力。洪妙唱中低声时，能与假声区巧妙结合

洪妙给演员说戏

起来，使整个声域宽广统一；假声自然轻巧，真声明亮圆润，结合时水乳交融，上下贯通，似假似真，难以细别。配合深沉饱满的气息，上下通畅，高音上得去，低音下得来，音色也柔和优美，富有弹性，是目前潮剧界独一无二的典型范例。

洪妙的咬字功夫也很独到，口齿明快，喷字有力。他不识字，却能把戏词强记在脑，并加以揣摩、发挥。他认为“曲是死的，要把它唱活”，常有目的地运用滑音和装饰音，不但使字音更清楚，曲调更婉转，而且增强了乡土风味。

洪妙的表演丝毫不逊色于其唱腔。他强调师法生活，特别善于利用自己生活经验中的各种印象和记忆，进行灵活的艺术创造，这是他表演上最大的特点。潮剧中，老旦是相对薄弱的行当，而丑角的演绎又有相当的自由度，自然地形成一片广阔的创作空间，而洪妙又恰巧具备了超凡的表演天赋和热爱表演的心，于是，那些妙不可言的创造性演绎便从中诞生了。洪妙从不拘泥于程式化的行当规范，他在掌握表演规律后，就大胆地突破传统方法，尽情自我发挥。

洪妙苦心孤诣地刻画每一个角色，其饰演的老旦与女丑，活灵活现，入木三分。

《苏六娘》中乳娘脚穿尖头红鞋，头上梳着“大刀髻”，身着朴素而样式古老的衣裤，这一副过去潮汕寻常的乡下老媪的打扮装束，正是洪妙所设

洪妙向汕头戏曲学校学生传艺

计的。乳娘虽曾缠足，又上了年纪，但毕竟是在山区劳作的“底下人”，故洪妙饰演乳娘出场时着意表现其步履粗犷。演至乳娘来到湘子桥头，下桥时，因台阶窄而陡，洪妙会侧着身体，横步而行，一副提防溜倒的小心姿态；上桥时，台阶宽且平，他便如步平地，舒展自若。在演出中，他时而拔银针，搔搔头，时而两手一拍，抹抹鬓角，动作十分自然传神。

塑造《妇女代表》中的江母一角时，也莫不如是。他扮演的江母，走路时忸怩中带有几分矫健，正是一个少时缠脚而较早放脚的老农妇的典型举止；还有抱孙儿时的一揽一拥，见到儿子要打媳妇时的左右规劝、惊恐失措，乃至整装时微歪着头，左手轻按帽角等动作和神情，极富生活气息。

洪妙的表演更在细微处显出精妙。在《香罗帕》的尾声，洪妙饰演的老夫人独坐床头，拔出头上银针，搔首理髻，静候新人梳妆，既补足了舞台表演空白，又让老夫人的形象显得真实可亲。在《妇女代表》中，洪妙敢于打破“背台”的禁忌，以细腻的步法与肢体动作表现人物内心之喜悦，较单纯的情态表演多了一分高明。

洪妙的表演，有戏曲表演的技巧，更有现实生活的本色，这是他的表演创作能引人入胜、生动活泼的真谛所在。

情系潮剧：天道酬勤惟初心，宝刀未老复育新

晚年，洪妙的表演已达炉火纯青之境，却没有因为自满而停下前进的脚步。年届八十，他依然活跃于潮剧界，常随团下乡登台演出，曾连演三个晚上，独当压台。他不时与青年人同台演出，又常常向人征询对他表演的意见，将“活到老，学到老”作为一生的实践。1984年，80岁高龄的洪妙还被特邀扮演潮剧电影《张春郎削发》中的乳娘，留下他最后的身影。同时，他也着意培养潮剧艺术接班人，常到剧团对青年演员言传身教，可谓对潮剧付出了毕生的热诚。

回顾洪妙这一生曲折的从艺之路，他始终如一地在潮剧艺术领域探索、创造，历经了千难万险，也收获颇丰，硕果累累。他饮誉海内外，却从未以名家自居，始终平易近人，乐观谐趣，充满活力。

1986年10月5日，洪妙因病于汕头市溘然长逝，享年82岁。生前，为中国戏剧家协会会员、中国剧协广东分会顾问、广东潮剧院艺术顾问委员会委员，曾任广东省第三届政协委员。

（谢陶然）

专家点评

洪妙的艺术风格

沈湘渠（广东潮剧院艺术研究室主任）

塑造深入人心的艺术形象

洪妙先生扮演的角色常留给观众过目不忘的人物形象。

他在现代戏《妇女代表》中所扮演的婆婆是个既应该批判又值得同情的人物。洪妙先生塑造出来的是一位勤劳、俭朴、守旧、顽固得可爱的农村老妇。这个形象的可信性极高，代表性极广。形象是思想提炼的结果。一个形象能概括出一个时代、一个社会阶层或一种社会心理现象，就具有美学的认识意义。这就是洪妙先生所塑造的艺术形象能长期镌刻在观众心中的原因。

生活为本、松弛有度的演出风格

洪妙先生的表演取法两个行当，一是女丑，一是老鹅。洪妙先生有个好嗓子，不但能做，还能唱。更重要的是他能以独特的视角观察生活，不但在农村和小市民中寻找模特儿，观察模仿她们的举手投足，而且在长期与社会底层的生活接触中，了解她们的情感世界和价值取向。因此洪妙先生的表演既有潮剧传统行当的特征，也有个人直接从生活中提炼出来的新手法，后者比前者还更多些。

《换偶记》中，洪妙先生将张幼花那急于寻找归宿又掩藏不住初嫁女的羞涩的复杂心情，表现得淋漓尽致。如果仅用传统表演程式来演，很容易将人物丑化，削弱人物的可信性。于是他从生活入手，自起炉灶，一切按“这一个”的需要来寻找塑造人物的手段。

女性演员要掌握好女丑行当所需要的夸张度比男性演员更为困难。洪妙先生的表演贵在夸张必有生活的基础，且能掌握表演的分寸，把握每一个角色不同的夸张度，所以他演的女人比女人演得更像女人。

朴实无华的长青树

艺到妙境则朴实无华。洪妙先生做到了，但是达到这个艺术境界却是艰难的。从8岁参加家乡的大锣鼓班算起，他从事艺术活动长达70多年。这70多年，既记载着他在艺术道路上的艰难跋涉，也记载着潮剧荣枯盛衰的历史。

新中国成立前不是灾荒就是战乱，这对于在底层求生存的潮剧艺人来说，是多么艰难！在这艰难的岁月里，洪妙先生自踏入艺术的门槛那一刻起就没有回过头。而持之以恒和奉献的精神，正是那些有意寻求登峰造极的艺术家的必备品格。而当他名扬海内外，很多人以能一睹洪妙“芳颜”为荣的时候，他仍然可以在农村光着膀子与农民谈论家常。没有人记得他说过什么豪言壮语，他至死不渝的信条是在舞台上做出奉献。这也是一个成功艺术家所必备的品格。正因为一步一个脚印，胜不骄，败不馁，一往无前，他才成为潮剧舞台上艺术的长青树。

匠心赏析

▲ 《杨令婆辩本》

李少春（京剧艺术大师）

潮剧的杨令婆，又是一个独特优美的体系。洪妙先生掌握这个人物的性格，是从高龄显爵、正直热情几方面出发的。虽然用两个侍婢搀扶着走出来，举止龙钟，似乎步履维艰，可是她那气魄眼神，一望而知是个曾经驰骋沙场、运筹帷幄的风云人物。这样就把年龄与身份结合得很密切自然。在保本之前，见了韩琦、路遇潘洪，两番对话，两种神情，只看他和潘洪对话时，每说完一段，嘴巴总是微微掀动，那种老年人强抑愤怒、故作和颜，而止不住正义奔放的形态，表现无遗。在金殿面君辩本的时候，就座与离座的动作，又是截然两样，表现出两个阶段的心思。就座时热情地替焦廷贵保本，希望圣明的君王接受她的意见；离座时发现君王被奸佞蒙蔽，朝政将不堪设想，愤而离座，要当面指斥君王，责问潘洪了。尽管他表演得很明显，可是动作又很含蓄，这样又把心情与环境结合起来，同时还和身份与年龄联系起来，刻画出一个高龄命妇从正义感出发的反抗动作，是真实而又有艺术性的。

▲ 《苏六娘》

陈喜嘉（剧评人）

潮剧丑角按表演功力分为三种。一是努力做怪样，惹人发笑，属“硬滑稽”型。二是面无表情，口出狂言，算是“软滑稽”。这两种表演是装出来的滑稽，并非上乘。洪师傅的女丑，和老旦行当融为一体，行话叫“老鹅”，表演丝毫不露痕迹，比上面两种更胜一筹，堪称幽默大师。如《苏六娘》，洪师傅演乳娘，听到杨子良要为她建节妇亭，不禁啼哭起来。子良问哭泣的原因，“乳娘”边哭边说：“我不会说，你去问恁爹就知……”洪师傅对这句“潜台词”（曾被子良之父污辱）的把握，妙不可言。他语含哭腔，欲言又止，一肚子委屈含而不露。

薛觉先：
艺苑繁荣戏连台
一代宗师现风华

薛觉先（1904—1956），广东顺德人，出生于香港。1922年，薛觉先到粤剧环球乐班学艺，翌年受聘人寿年班。1925年，薛觉先在上海尝试自导自演电影，开办非非影片公司，成为粤剧艺人踏足影坛的第一人。新中国成立后，薛觉先先后当选华南文学艺术联合会委员、全国第二届政治协商会议委员、民盟广州市委员会委员、中国戏剧家协会广东分会副主席。

薛觉先能编善演，戏路宽广，有『万能老倌』『粤剧伶王』之誉。在粤剧革新方面，薛觉先吸收了京剧和电影的艺术特长，积极践行『合南北剧为一家，综中西剧为全体』的主张；在粤剧表演方面，薛觉先的做功干净爽练，唱腔含情优美，制作出新腔，创造了『薛派』；薛觉先又是粤剧演员从事电影艺术的先驱，他开办影片公司，导演并主演过多部电影，是集粤剧老倌与电影演员于一身的『双栖演员』。

艺术观

◎演员与音乐的关系，是鱼和水的关系。

◎今日的戏剧艺术，应随着时代同行并进，才不致落伍泯灭。

◎合南北剧为一家，综中西剧为全体。

◎戏剧虽云小道，实能易俗移风，为社会教育之利器，功莫大焉。

——薛觉先

创作之路

有“南国红豆”美誉的粤剧成型于岭南地区，并流行于两广、港澳地区，传播及全球华人、华侨聚集的地区。而粤剧作为岭南文化的典型代表，也是全国300多个地方戏曲剧种中率先走出国门的一个剧种。在粤剧成型的100多年里，逐步形成了薛（觉先）、马（师曾）、桂（名扬）、廖（侠怀）、白（玉堂）五大流派。薛觉先的“薛派”影响最广，唱“薛腔”的人数最多。

有“万能老倌”“粤剧伶王”之称的薛觉先造诣精专。他最初学丑，后又反串旦角，以文武生成名，以扮演风流、俊逸、潇洒的小生角色最享盛誉。薛觉先一生主演过500多部戏，代表作有《宝玉哭灵》《白金龙》《胡不归》《西施》《王昭君》《姑缘嫂劫》《三伯爵》等。而且薛觉先不仅是一位粤剧老倌，还是一位栖身于影坛的影视演员。他曾在上海开办影视公司，导演并主演多部电影，广受影视观众好评。

薛觉先以他开放包容的艺术观念为粤剧的革新做出过巨大贡献。在几十年的演艺生涯之中，他吸取京剧、电影等表演艺术形式的长处，对粤剧艺术的表演形式多方探索、大胆创新，提高了粤剧“唱、念、做、打”的水平，使粤剧艺术进入新的艺术境界。同时，薛觉先积极倡导改革剧场陋习，净化粤剧的舞台，以严谨的艺术操守为粤剧舞台带来新的风貌。

薛觉先表演照

踏氍毹驰骋舞台，《三伯爵》一举成名

薛觉先1904年生于广东省顺德县龙江乡一个书香世家。因其排行老五，所以戏行中人都称他为五哥。薛觉先早在五六岁时就与戏剧结缘，童年时常常去戏院听戏。但他最先踏上的却是话剧的舞台。薛觉先十岁时参加了香港青年会组织的青年话剧团，他演出时风趣幽默，将人物演绎得活灵活现，广受观众好评。这段话剧演出经历为他日后改革粤剧带来积极影响。

薛觉先曾就读于香港圣保罗英文书院。1919年五四爱国运动爆发，薛觉先投身于五四运动浪潮。薛觉先在爱国青年组织的义学之中担任教员，并经常和香港的进步报界人士相往来。在此期间，他在《大光报》《香江晨报》《香江晚报》上发表了不少爱国文章，经常参加香港的反帝爱国运动。

薛觉先18岁时肄业于香港圣保罗英文书院，开始到环球乐班学艺。薛觉先以他的聪明刻苦、演戏出力、表演不落俗套的努力和天赋受到大老倌朱次伯的青睐。他一度作为朱次伯的书童出演，一方面在表演上学习朱次伯的唱功，另一方面也自己创新表演和化妆方式，为观众留下深刻印象。后来薛觉先由于在《宝玉哭灵》中的动人表演，由“拉扯”身份直接顶替正印小生演出。

薛觉先在粤剧舞台的崭露头角引起了行内外的关注，大老倌千里驹所在的人寿年班就看中了薛觉先。薛觉先签约人寿年班使他的人生迈向一个新的转折点。就这样，薛觉先在名角云集的人寿年班中改行做起了“三帮丑生”，从头学起了表演行当。薛觉先在千里驹的教导下，谦虚谨慎，兢兢业业。正是由于他聪明肯学，千里驹破格让薛觉先担任喜剧《三伯爵》的男主角。终于，薛觉先第一次以自己的艺名担纲演出《三伯爵》，他以一个全新的形象征服了全场观众，一炮打响，一举成名。此后，薛觉先正式从一个三帮男丑升任正印丑生，开启了他在粤剧舞台上的新征程。

赴上海影视双栖，习京剧喜创新绩

20世纪二三十年代，粤剧市场受到电影市场的严重冲击，广东一半的戏班散班，粤剧艺人也都处于失业状态。在此大环境下，薛觉先赴上海投身影视行业。他在上海创办了非非影片公司，自任经理兼导演，拍摄了默片《浪蝶》。其后，以影视双栖的视野在电影界开拓出一个新天地。

1934年，薛觉先与邵醉翁合作，拍摄了中国电影史上第一部粤语片《白金龙》。由薛觉先编剧主演的粤语片《白金龙》可谓石破天惊，场场爆满，连续公映数月，取得了非凡的票房，成为20世纪30年代最卖座最叫好的粤语片。同年，薛觉先又把他主演过的著名粤剧《璇宫艳史》搬上银幕，他自编自导自演，《璇宫艳史》的插曲《夜宴璇宫》风行一时。

在沪这段时间，薛觉先先后主演了《俏郎君》《生活》《沙三少》《毒玫瑰》《续白金龙》等一系列影片。据不完全统计，从1926年到1953年，薛觉先共拍摄39部电影，薛觉先真正以他的艺术天才在影坛开创出了一个新天地。

北上赴沪在影视界开创天地的同时，薛觉先也不忘自己的剧艺之梦。非常值得一提的是，在20世纪20年代，薛觉先曾向京剧著名红生林树森学习“关戏”，他惟妙惟肖的表演获得了京昆行家的一致好评。自此，粤剧也仿效京剧关公的化妆，把面谱也涂成了红色。同时，在沪期间的薛觉先常常去

觉先声剧团节目单

大世界和新世界游乐场看说书、大鼓、滑稽戏、凤阳花鼓等表演，他以票友的身份结识艺人从中吸收各种表演艺术的风格。薛觉先尤其注意京剧锣鼓的用法、武戏的功架和身段，他也学习北派的把子，并吸收到他对粤剧的改革之中。

1936年夏，薛觉先组建觉先声剧团，再度投身粤剧舞台。他曾与著名花旦上海妹联袂出演《归来燕》《嫣然一笑》《姑缘嫂劫》《胡不归》等脍炙人口的粤剧。在这些剧目的表演中，他聘用京剧武师，加重粤剧武场分量，揣摩观众的意趣所向，这些使他的觉先声剧团成为金字招牌，持续走红。

称瑜亮薛马争雄，戏连台艺苑繁荣

20世纪30年代初，粤剧艺坛上薛觉先、马师曾两位艺术大师曾展开历时10年的“薛马争雄”。“薛马争雄”时期，双方不断推出新戏好戏大打擂台，粤剧旧习经历了一系列的改革，粤剧艺术也有了全面、系统、广泛、深入的自我革新。“薛马争雄”使粤剧充分发展转型，粤剧的发展由此进入一

薛觉先、马师曾合影

个新的历史阶段。

在“薛马争雄”期间，薛觉先率先打破粤剧十大行当，他将其改为“六柱制”，并一个人包揽了生、旦、净、丑四大行当，还专门聘请南海十三郎、冯志芬等一批编剧家为其编写剧目，他所演唱的粤剧由词日趋高雅。这些变革受到了社会上层人士的赞赏。粤剧题材范畴也在“薛马争雄”期间得到进一步拓展。薛觉先、马师曾都主张粤剧不能故步自封滞后于时代，主张粤剧要能反映生活，要适应时代的潮流。为此，薛觉先演出《爱情非罪》和《可怜秋后扇》，马师曾演出《子母碑》和《欲魔》，这些反映现代生活的剧目为粤剧艺术注入了现代精神，反映出时代新貌。在“薛马争雄”期间，粤剧唱腔也有了很大改观，形成了以薛觉先为代表的“薛腔”“薛派”和以马师曾为代表的“马腔”“马派”。薛觉先以武生见长，能反串女角，兼演红生，人称“万能老倌”，他做功洒脱自如，唱腔优美婉转，尤其是善于运用旋律变化表达人物感情。薛觉先创制的“薛腔”吸收了京剧板式唱法和新浙民歌小调，引进了京班和西洋乐器，突破了唱词格律音调的局限；而马师曾继承了戏曲表演的程式性、虚拟性，显示出粤剧浓郁的生活气息，尤其是其创造的“乞儿腔”，吸收了龙舟、板眼、木、南音等广东曲调，设立西乐部，使“乞儿腔”达到了声韵和曲调的和谐统一。总之，薛、马两种艺术流派各具特色，受到了广大民众的欢迎。

实际上，“薛马争雄”这场长达十年的艺术竞赛是薛觉先、马师曾用自己的先进思想、新锐眼光、广阔视角对粤剧艺术的一次反思。薛觉先希望通过粤剧改革“使吾国戏剧成为世界公共之戏剧，使吾国艺术成为世界最高之艺术”；马师曾希望通过粤剧改革“创造新文化的簇新作品”，通过粤剧的宣传“使国际人士都知道我国道德文化的优美可贵”。总之，“薛马争雄”使粤剧发展获得了巨大跨越，使粤剧真正成为具有时代性、民族性、世界性、大众化的新型艺术。

惺惺惜南薛北梅，垂先范抗日救国

20世纪20年代，京剧大师梅兰芳曾多次赴粤、港演出，对粤剧艺术提出过自己的建议和意见，这些建议和意见多为薛觉先所采纳吸收。梅兰芳与薛觉先的交往对粤剧革新也产生了重要意义。

在戏曲观念上，薛觉先主张“合南北剧为一家，综中西剧为全体，使吾国戏剧成为世界公共之戏剧”。作为一位善于学习的天才演员，薛觉先善于将他包容的戏曲观念付诸实践。作为一位“万能老倌”，薛觉先能反串旦角，而实际上他反串旦角的演技主要得益于早年扶掖他的“花旦王”千里驹和京剧大师梅兰芳。他所出演的粤剧古典“四大美人”，从手眼身法步，明眼人一看就清楚是来自京剧和昆曲，特别是他在《贵妃醉酒》里的“剑舞”，一招一式的曼妙身姿中都有着梅兰芳的神韵和倩影。江孔殷看完薛觉先的反串旦角演出后写诗称赞：“南薛北梅成脍炙，东鳞西爪尽鲜新。”“南薛北梅”自此远近传扬。

梅兰芳与薛觉先的交往尤其值得一提的是抗战期间两人在香港共同绘制了《岁寒三友图》。1942年，邓芬、薛觉先、梅兰芳三人在薛觉先的寓所“觉庐”共同绘制《岁寒三友图》两幅，这两幅画凝结着三人在抗战期间的志态，画作笔墨纵横、高风可鉴。

抗日战争期间，薛觉先、梅兰芳都是满怀激情的爱国艺人。梅兰芳蓄须明志，在抗战期间，大义凛然，薛觉先亦然。日本发动“九一八”事变时，

《岁寒三友图》

薛觉先立即在舞台前用白布痛书“当娱乐中勿忘沈案耻辱”十个大字警醒观众。他还以排演新剧《马将军》的形式慰问马占山将军，并多次讲演，发动观众捐款援助。卢沟桥事变爆发后第五天，以薛觉先为理事长的广东省八和戏剧协进会举行义演筹款，支援抗战前方。据不完全统计，抗日战争期间，薛觉先和省港粤剧界同人先后举行义演十五六次，香港报刊称赞为：“戏人真是爱国人！”

返羊城为国效力，现风华一代宗师

1949年新中国成立后，诸多爱国民众和文化人士纷纷返回内地参加新中国建设，戏剧名家薛觉先也位列其中。

1954年，薛觉先返回广州并出任广州粤剧工作团艺术委员会主任，在共和国踏上了新的剧艺征程。薛觉先的归来对新中国成立后的粤剧发展产生重大影响。在薛觉先返粤之后，马师曾、红线女等一批粤剧演员先后回到羊城，共同为新中国的戏剧事业贡献力量。

薛觉先返回羊城投入粤剧艺术事业，在此期间，他主要在三方面做出贡献。

第一个方面，薛觉先积极培育粤剧新人。薛觉先很重视培育粤剧后辈，从他上任以来，他就提议设立演员训练班，并主持教学事宜。尤为值得一提的是，薛觉先曾为粤剧《柳毅传书》剧目的演出、“虾腔”的成型投注心血，这主要表现为薛觉先对粤剧名家罗家宝的成长起到重要作用。罗家宝出身粤剧世家，从小学艺，他先后受到多位前辈名家的指导。《柳毅传书》的成功演出，罗家宝的“虾腔”的逐渐成型，罗家宝演出时诸多困难的解决，都少不了薛觉先的身影。罗家宝在薛觉先身上获益最多，深受影响。

第二个方面，薛觉先大胆作出戏剧艺术争鸣。薛觉先返回羊城之后，多次在报刊上发表文章表述他对国家建设、社会进步、时代发展、粤剧艺术的传承和传播的建议与意见，这些文章充分展现了他的艺术才干。此时的薛觉先思想成熟、心态包容、经验丰富、演技老到、视野开阔、理念创新、修养醇厚，已入化境。薛觉先以他一代宗师的艺术修养为新中国的艺术事业发展做出参谋。1955年，薛觉先出席中国人民政治协商会议第二届委员会第二次全体会议；1956年，薛觉先参与粤剧《十五贯》的争鸣讨论。薛觉先在粤剧艺术讨论争鸣期间始终主张不能动摇粤剧的基础，尤其是不能割裂粤剧的传统、不能斩断粤剧的历史。薛觉先这种客观、严谨的戏剧批评眼光，对粤剧艺术发展的忧思，对粤剧的繁荣产生深远影响。

1956年，中国戏剧家协会广东分会成立，薛觉先当选为副主席。担此重任的薛觉先深知同行们的信任与期待，基于此，他针对粤剧艺术的发展问题提出三点宝贵意见：首先，粤剧改革工作，必须在“百花齐放”及艺术风格兼容并包的方针指导下，要以“提倡自由讨论和自觉竞赛”来推动粤剧艺术的发展；其次，粤剧工作者要努力提高学识提升修养，只有这样，才能真正继承粤剧遗产；第三，要扩大粤剧队伍，培养新一代粤剧艺术人才，提高粤剧艺术工作的文化水平和艺术水平，吸收那些对粤剧有研究的高级知识分子参加粤剧艺术工作。薛觉先的这些建议得到了行内和政府文化部门的认可与赞同，他的建议对后期的文化决策起到了重要促进作用。

第三个方面，一代宗师薛觉先继续登台献艺。新中国成立后，广州市文化局虽然并未过多安排薛觉先演出，但他依然应广大戏迷要求亮相舞台。据不完全统计，1954—1956年，他先后出演《龟山起祸》《盘夫》《西施》《姑缘嫂劫》《宝玉与黛玉》《长生殿》《闯王进京》《宝玉怨婚》《胡不归》《游龙戏凤》《嫣然一笑》等十几个剧目，其中《闯王进京》《长生殿》《游龙戏凤》专为粤剧同行观摩、学习。通过演出，薛觉先利用舞台实践培养出一大批优秀粤剧人才，壮大了粤剧的戏剧队伍。

（吕仕伟）

专家点评

“名艺人不应保守”

赖伯疆（戏剧理论家）

越是艰险越向前的大无畏精神

薛觉先先生从事粤剧工作时，无论是大的社会环境还是粤剧行业，都存在不少艰难险阻，如社会上的各种世俗偏见和黑暗势力、戏行中因袭的陈规陋习等。但是，他能够怀抱“入地狱救众生，我不入地狱谁入地狱”的决心，明知地狱苦，偏向地狱行，不惜自我牺牲，投身粤剧事业，以粤剧为武器和工具，寓教于乐，改造人生与社会。

与时代同步前进的革新意识

新陈代谢是自然和社会发展的必然规律，粤剧艺术的发展也是与时俱进的。薛觉先毕生致力于粤剧艺术的革新，直到接近晚年的时候，他仍然认为：“一成不变的技艺，只是停顿在某一个时代的产物，停顿而无进步的东西，是绝对跟不上时代的。”他还说：“现在中国的剧艺，样样都在求取进步，观众欣赏戏剧的水准也比从前进步得多，我们作为一个戏剧工作者，应该走在观众前面，那才不会给观众遗弃！”可见他的艺术思想是很先进，甚至是很前卫的。他坐言起行，在戏剧创作和演出实践中不断推陈出新，新戏新演，旧戏新排，不断以新的艺术风采呈现在我们面前。薛觉先的这种革新意识给传统剧目灌注以新的时代精神，使得粤剧艺术焕发出新的艺术生命力。

勇攀世界艺术高峰的艺术胆识

薛觉先进行戏剧改革的目的是“使吾国戏剧成为世界公共之戏剧，使吾国艺术成为世界最高之艺术，国家因以富强，人类借以进化”。薛觉先想要使我国戏剧走向世界，成为世界戏剧艺术的高峰，想要为人类的物质与精神文明的进步做出贡献。他在艺术实践中身体力行了自己的宣言，他提出“融汇南北剧之精华，综合中西乐而制曲”，他广泛涉猎古今中外多种戏剧艺术形式，博采广探，并进行实地考察，同时，游历山川，延展自己的阅历，以自己的壮志豪情和艺术勇气将粤剧艺术推进到了一个新的高度。

从不休止的自我超越的艺术追求

薛觉先在艺术创作上从不满足，从不保守，他不断自我挑战，不断自我突破、自我超越。他曾说“名艺人不应保守”“现在不是盲目崇拜偶像的时代”，他不让别人崇拜他，他要人学习他唱腔的优点，而不是把他的缺点也一成不变地保留下来。他的首本戏《胡不归》和《姑缘嫂劫》等剧目，虽然演了20多年，早就轻车熟路，但他回广州演出时，依然对其不完善之处整理修改，重新排演之后才演出。面对传统著名剧目《蝴蝶杯》，虽然该戏经过历代艺人的长期演出和加工，早已比较完善和定型，但他并不满足于按老套数演出，而是虚心向剧中扮演田玉川一角的演员学习其长处，力求更加准确洗练地表现人物的鲜明个性。从薛觉先对待艺术的态度上，我们便能看出他自我超越的精神与锲而不舍的艺术追求。

匠心赏析

▲ 《胡不归》

潘邦棒（粤剧编剧、撰曲家）

全曲演唱时间不长，内容十分集中，演出以情动人，“情深腔妙”正是此曲闪光的亮点。曲中男女主人公互诉心声，相爱相怜，十分真切细腻地展现了夫妻间真挚深刻的感情和无奈不安的内心世界。而这些，正是通过艺术家运用优美精妙、韵味浓郁的板腔体唱腔来体现的（此曲没有用上一首小曲和牌子，正好让“薛腔”和“妹腔”的优势有充分发挥的空间），使全曲产生了强烈的艺术魅力，教人陶醉，令人难忘。

▲　《白金龙》

李峄（粤剧研究专家）

《白金龙》之于薛觉先，好比《天方夜谭》（《一千零一夜》）一书里“阿拉丁”手中的神灯，什么时候、什么地点拿出来擦一擦，金银财宝便滚滚而来。正因如此，《白金龙》当之无愧地戴上“薛觉先最受欢迎的首本戏”的桂冠。薛派名剧《白金龙》在粤剧界内外产生过深广的影响，粤剧戏班争相演出。薛觉先的入门弟子、女文武生陈皮梅把《白金龙》剧作为保留剧目，当时崭露头角的新马师曾和曾在薛氏初入戏班时提携过他的新丁香耀所在的戏班，也在薛觉先的《白金龙》演出引起轰动后两年的1933年，演出过《白金龙》。

陈宝寿：

笑揽氍毹岭上春

羡君技艺冠同群

陈宝寿（1907—1983），字钦尧，广东陆丰县人。少年时代家境贫寒，7岁从艺，契身于陆丰湖口乡新荣贵白字戏班。12岁出了合同期后，又再契身于海丰南涂乡新清平白字戏班。18岁合同期满，被白字戏班新泰顺、新永顺、新双喜、新永福聘为文武生。19岁拜武生郑娘份为先生，与他一起上正字戏老荣喜班。不久，当上了白扇行。自20岁开始，他在玄武山连续19年当正印武生。23岁时，被当时的名牌班老双喜聘为正印武生。通过转益多师、融会贯通，艺术日益精湛。至30岁后已在粤东一带走红，成为老梅盛、老荣福、老联福、正永丰、老永丰等名牌班争先聘请的名角。在晚年，他还致力于传授艺术，桃李芬芳，弟子遍布粤东地区。

艺术观

◎不晓情理勿演戏。

◎表情中最重要的是“眼神”，“眉能言语，眼能传神”，眼神运用不好，热舞就活不起来。

◎各方面比较相同的人，根据人物的经历、性情和戏情的不同，找出他们的所在，这就是“同中求异”；又不能忘记他们共同的地方，这就是“异中求同”。

◎求异存同……是我四十多年来在演戏生活中得到的一点体会。

——陈宝寿

创作之路

契身两度，饱受童伶苦

陈宝寿1907年诞生于陆丰东海镇一户道场艺人家庭，其父师公出身，家境贫寒。当他7岁时，父母忍痛将其契身给新荣贵白字戏班学艺，成为白字戏历史上最小的童伶。从那时起，陈宝寿便开始了他半个多世纪的从艺生涯。

戏班的“合同角”待遇很差，勉强饱腹的稀饭，四壁漏风的住所，每日起早贪黑地泡在田元帅老爷神前学戏。逢年过节，也是有家不能回，连同其他童伶，到处走场赚外快。一年365天，在严酷的戏班班规管制下，总是提心吊胆的，稍有疏忽便免不了一顿鞭抽棍打，皮肉之苦简直已经是家常便饭，当时的旧班主，设置了各种摧残童伶身心健康的严酷刑罚。谁演出不认真或出了错，下台来就要“抄公堂”（即由教戏先生在田元帅炉前掌刑）。演得好的，也要给点苦头吃吃，使你记住下次还得这么演。“抄公堂”的刑罚有轻重之分：轻者拙藤条或跪小螺壳；重者或用小刀割破脊背的皮肉敷上生盐，或用铁线穿耳朵拴在不高不矮的大薄箱旁，叫你既不能站，又不能蹲……童年的陈宝寿虽不曾尝过重刑的滋味，却也吃过不少轻刑罚的苦头。这本已经够艰辛的了，由于他年龄小，契身5年后才刚满12岁，又契身新清平戏班，前后共10年8个月。

虽历经艰辛，但儿时经历的酸甜苦辣也为他后来成为正字戏泰斗积累了力量。起初，陈宝寿学习丑角，8岁开始登台演出，由于他年纪小，坐“棚

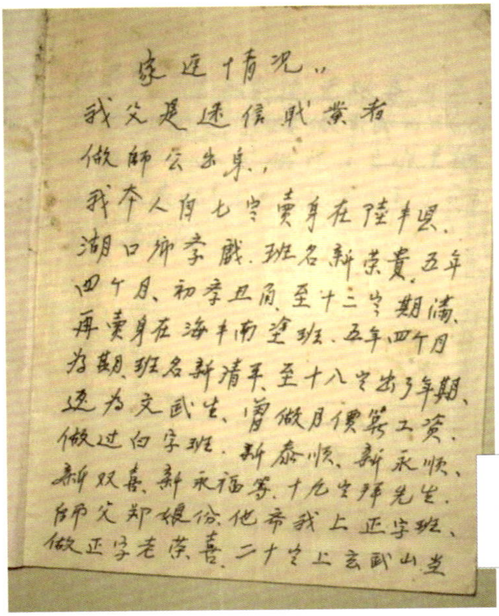
家庭情况：
我父是迷信职業者
做師公出身，
我本人自七岁賣身在陸丰県
湖口鄉学戲，班名新荣貴，五年
四个月，初学丑角，至十二岁期满，
再賣身在海丰南塗班，五年四个月
为期，班名新清平，至十八岁出了年期，
遂为文武生，曾做月債算工资，
做过白字班，新泰顺、新永顺、
新双喜、新永福等，十九岁拜先生，
師父郑娘俗，他希我上正字班，
做正字老荣喜，二十岁上玄武山当

陈宝寿手迹

前椅”还得“管箱”抱上去。契身期间，他先后在《秦雪梅连》《王双福连》《崔鸣凤连》《杨天梅连》《英台连》以及《珍珠记》《挽面记》等剧目中担任十多个角色。儿时的磨炼练就了非常扎实的基本功，初露头角就受到了观众的青睐和赏识。

第一次契身期满后，按规定本来就可以上正字班拜师学艺的，但是作为正字戏的演员条件首先应是成年人。而陈宝寿当时才11岁，直到第二次契身期满（已18岁），才开始上正字班习艺。

入正字戏，行当精文武

正字戏是一个拥有红面、乌面、白面、老生、武生、白扇、正旦、花旦、帅主、公末、婆、丑等十二行当的古老剧种，不但传统剧目很多，而且多是袍带戏，表演风格古朴，气魄宏大，其戏路子与白字戏迥异。陈宝寿根据自己的爱好，选择了武生这一行当进行深造。

当时他的师父是郑娘份，所熟练的戏很多，且有较丰富的表演经验。陈宝寿20岁时，就当上了其师的“贴”（又叫“白扇”）。按传统规定，一些以文生为主角的戏，还得武生主演，“白扇”只能当配角。由于当时陈宝寿扮相英俊，戏性也强，所以其师老是把以文生为主角的戏逐步让给他演，并给予细心指导。有了师父的支持和培养，有了较多的实践机会，加上能虚心学习，认真演戏，且善于创新，陈宝春所主演的小生角色，如《樊茂金斩子》中的樊惠芝、《张春郎削发》中的张春郎、《闹严府》中的曾荣、《槐荫别》中的董永、《掷钗》中的刘湛、《百花赠剑》中的海俊、《王可居休妻》中的王可居以及《许英杰和番》中的许英杰、《方世玉打擂》中的方世玉等，都刻画得比较生动、细致，引起观众的强烈反响。没多久，陈宝寿的名字就在海陆丰一带“红”起来了。23岁那年，名牌班之一的老双喜也送聘请帖聘他为正印武生。

陈宝寿知道，在正字戏的十二行当中，武生这一行当是最引人注目的。武生所负担的角色，既有银须银发的廉颇、伍员、郭子仪等，又有带黑须口的岳飞、姜维、陈世美等，还有上述那些文生戏，更不用说以武生应工的长靠、短靠戏，如吕布、赵云、武松、石秀等角色了。这就要求正字戏的武生角戏路要宽，技术要全面，翎子功、扇子功、须功、帽翅功、水袖功、水发

《张春郎削发》剧照

功、刀把子功以及各种追赶表演的步法等，都能熟练掌握和运用，总之，非有高深的艺术造诣是吃不消的。面对名牌班的聘请帖，上正字班才几年、表演还较幼稚的陈宝寿是有点心怯的。而他的师父却给予极大的支持和鼓励。为了给徒弟壮胆，郑娘份表示愿意反过来当陈宝寿的“贴”。此事后来被传为梨园佳话。这样，陈宝寿终于接受老双喜班的聘请，当起该班的正印武生来，成为历来正字戏武生行中最年轻的一个。

自此，陈宝寿更加勤奋学习，并虚心向其师请教。很多戏都是先突击上台后才逐步进行提高的。有一次，他赶排《凤仪亭》，白天才学唱腔，晚上就上台演出；由于实践的机会越来越多，又有师父的认真教授，所以进步很快。此后，能演的戏就逐渐多了起来，戏路也随之宽广了，凡是武生行所负担的角色，他都能应付，且有新的突破和发展。他喜欢练武术，并能吸取武术中那些富有表现力的优美、矫健的身段和动作，糅进短靠戏的表演中去，使得他的短靠表演更富地方特色。他所主演的《翠屏山》（石秀）和《武松杀嫂》（武松）成了他的代表作之一。2017年年底，中央文化部派来录像工作组拍录正字戏的代表性剧目，省剧协的负责同志还念念不忘他的《翠屏山》，事前再三强调要录《翠屏山》戏中石秀的表演。可惜徒弟们未学到家，只好作罢。他的另一代表作《陈世美休妻》中的勒马、抖帽翅、激面和用独足支撑全身慢慢往后移动的身段和演技，至今仍是脍炙人口，为观众所津津乐道。

《张春郎削发》中他所扮演的张春郎，其在乔扮小和尚捧茶寻思如何偷窥前来进香的公主的表演，更是生动、传神。

到了20世纪40年代，他已饮誉粤东。至新中国成立前夕，各正字班的班主都不惜重金争聘陈宝寿当台柱，因为谁能聘请到这位著名武生，这个班就比较有“销路”，戏金也较高。可见他在海陆丰影响是很大的。

在新时代，艺术焕新春

新中国成立后，在“百花齐放，推陈出新”的文艺方针指引下，陈宝寿

《张飞归家》剧照

积极从事戏曲改革工作。他大胆创新，不囿于传统，大力支持整理改编传统剧目。在他的支持和带动下，早在20世纪50年代至60年代初，正字戏就有一批经过整理改编的优秀传统剧目问世，而且绝大部分是由他主演或参与演出的，其中有《槐荫别》《百花赠剑》《射郭淮》《辕门射戟》《打枷》《掷钗》《罗帕记》《金叶菊》《张飞归家》《六郎罪子》《方世玉打擂》等。他与男花旦蔡十二主演的《槐荫别》（又叫《百日缘》）于1954年首次赴省城会演，获得很高的评价，他所饰演的董永表演生动、细致，富有浓厚的生活气息和地方色彩，荣获了大会特别奖。《槐荫别》还被列为招待文艺界和首长的专场演出剧目之一，在省府礼堂招待首长演出时，敬爱的周总理还观看了此剧的演出。

1956年，他加入中国戏剧家协会广东分会，并被选为理事。

1957年，他参加了中央文化部在广州举办的戏曲演员讲习班，示范演出了正字戏《百花赠剑》的某些片断，被当时负责讲课的中国京剧院总导演阿甲同志选为教材。通过观摩学习和艺术交流，他的艺术视野进一步扩大。他博采众长，吸取兄弟剧种的养料来丰富自己的表演，对传统进行了大胆的突破和创新，形成了其粗中有细、粗中带细的表演风格。

1958年，他在改编的传统剧目《金叶菊》中饰演为伸张正义而敢于犯颜直谏的老王爷马应龙，获得很大的成功，成为他的另一代表作。

1959年5月，他所主演的《金叶菊》参加省专业艺术会演，被评为优秀剧目；同年10月，又赴穗参加国庆十周年献礼演出。省文化主管部门还特地拍下他饰演的马应龙的巨幅照片，放置于广州文化公园艺术展览馆的橱窗内供人们观赏。

1960年，他被选为广东省政协第二届委员。同年年底，他以特等劳模的身份出席了在北京召开的全国群英会。

1962年春，《羊城晚报》副刊发表了陈宝寿题为《求异存同》的谈表演经验的文章（陈宝寿口述，许翼心整理），介绍他在同样装扮的短靠武生戏中如何通过形体动作和面部表情来刻画武松、石秀、燕青三个不同性格的人物，指导思想就是“同中求异，异中求同”。

1962年夏，中央文化部负责对外文化联络的郭雷鸣同志来陆丰看正字戏的演出，他观看了《金叶菊》《辕门射戟》《百日缘》等传统剧目，他不相信马应龙的饰演者就是扮演吕布和董永的陈宝寿。当《金叶菊》剧演完，他特地跑到后台去看卸妆，当他发现果然是陈宝寿饰演马应龙时感慨地说：“像这样的演员，不但在地方少有，在全国也是为数不多。”

1964年，他出席了全国第四次文代会，成为中国文联委员。

1979年，他出席了在北京召开的全国第五次文代会。当时正字戏尚未恢复，他在小组会上发表了“为抢救正字戏而呼吁”的书面发言。

1980年春，他参加了省第四次文代会。同年4月，正字戏在陆丰恢复建制，他被聘为艺术顾问。

1981年5月，正字剧团改编的《换乌纱》参加汕头地区文艺调演，那时他已75岁高龄了，还为大会示范演老王爷高琼的角色。

1983年，正字戏赴港演出前夕，他积极传授其拿手好戏《槐荫别》《辕门射戟》和《射郭淮》的演技，还示范了《射郭淮》中姜维的跑布马表演。他为正字戏的发展，奋斗了足足半个多世纪！

斯人仙逝，后世留美名

1983年8月，剧协广东分会正要为陈宝寿筹备从艺70周年的庆祝活动时，他却溘然长逝了，终年77岁。

为了纪念这位德艺双馨、建树甚丰、对正字戏事业做出巨大贡献的老艺术家，汕头地区以及海陆丰两县的文化主管部门于8月10日在陆城举行追悼会。中国戏剧家协会、省政协、省委宣传部、省委统战部、省文化局、剧协广东分会、《南国戏剧》编辑部、羊城晚报文化组，以及粤、潮、琼、汉四大剧种的剧院和地、县的党政部门等都送了花圈，有的还打来唁电。从首都到省、地、县一共有90多个单位和个人送了花圈。

剧协广东分会主席李门还赋诗词哀悼缅怀他，其中一首《浣溪纱》这样写道：“笑揽氍毹岭上春，羡君技艺冠同群。”

（陈春淮）

专家点评

细中有粗，粗中见细

彭美英（国家级非遗项目正字戏代表性传承人）

表演艺术“细中有粗，粗中见细”

陈宝寿的表演艺术“细中有粗，粗中见细”。其“细中有粗，粗中见细”的表演程式，传承了南戏载歌载舞的优秀传统表演艺术特色。所谓粗中见细，即戏的风格是粗犷的，路子是粗线条的，但在某些特定情景下，刻画人物的表演却是颇为细致的，丝丝入扣；所谓细中有粗，是指细工戏中，在某一特定情景或高潮之处，也有用粗犷、强烈的表演来渲染情绪和描写人物的情感世界。刻画人物的手法是像工笔画那样精雕细刻，但戏进入高潮之后，角色某些动作的幅度就夸大了，节奏也强烈而急促，显得粗犷奔放。如陈宝寿表演董永追挽七姐的一段戏，便利用虚实及夸张的手法来拓宽演员的表演空间，表现董永那种惶恐无状和穷追不舍以及七姐那种凄婉缠绵的别离。

注重人才培养

陈宝寿积极向后辈传艺，培养了多名正字戏后起之秀。亲传弟子中成就突出的有庄朕雄、林沐燕、彭美英等。1978年后又培养了郑炳、黄阳民等一批艺术骨干。1958年后，他曾受聘为汕头潮剧演员训练班教师，此后又多次到广东潮剧院传艺。

德艺双馨

陈宝寿德艺双馨，有着突出的艺术成就和良好的品格风范，在全省、全国具有卓著的声誉。1956年，陈宝寿加入中国戏剧家协会广东分会并当选为理事，1959年被中国戏剧家协会吸收为会员。1960年，他被选为广东省政协委员。同年年底，他以特等劳模的身份出席了在北京召开的全国群英会。1964年，出席了全国第四次文代会，成为中国文联委员。1979年参加全国第五次文代会。

匠心赏析

▲ 《金叶菊》

彭美英（国家级非遗项目正字戏代表性传承人）

描述权奸父子谋害忠良，反叛罪行已铁证如山，皇上即下旨把权奸父子押入天牢。在这一节骨眼，老王爷马应龙（戴王盔，挂白三牙，文武摆装扮）有一段抖须口表演。随着权奸父子被押下，他从龙案左侧一跃至台中前沿，左脚抬起，右脚独立，左手猛伸至右颔下往后使劲捋须，至左胸前止住；右手斜右伸出，戟指适才权奸的下阶处，面部肌肉频频颤动，两手连同头盔缨也频频剧抖，颔下银须似海浪般滚动。为了把角色此际的愤懑情绪和凛然正气表现得更充分，随着左手放下须口，往右胁下抱住角带，两脚同时着地，右手收了戟指的动作伸至右肩，连续旋转脖子，使银须随着脖子的旋转而来回飘动（连飘十多遍），接着他拂右袖，先后急转身往左右绕场“望门”，与立于两侧的正派朝臣等交流感情，大家先后均用动作求他伸张正义；他两脚同时微曲，双手抓住须口，上下交替抖动，银须宛如喷泉，表现了此际人物心潮翻滚。这段抖须口表演，既渲染了这场金殿斗争的激烈气氛，又表现了人物的凛然正气和义愤，并使紧接着的一大段理直气壮的犯颜直谏，有了酝酿和思想活动过程。

《陈世美休妻》

彭美英（国家级非遗项目正字戏代表性传承人）

《陈世美休妻》一剧是提纲戏，人物内心世界多靠表演刻画或独白、旁白道出。当陈世美遣张千（即韩琪）去杀何碧英（即秦香莲）母子后，陈俯首呆立良久，摇首叹息，表示内疚；继而有所反悔地突然抬头，急趋出欲唤回张，但张已去远；他摇头吹须口入，转身面向观众甩须口，左手横于胸前把须口挡住，同时边抖帽翅、头盔缨，边有节奏地连抖几下右水袖，“激面”，表现人物此际的内心很不平静，然后跺足长叹一声，“叱头”念一大段内心独白。这段独白叙述他起初如何与何碧英相亲相爱，妻儿来寻他相会如何不敢与之相认，等等。他越说越激动，且有相应的形体动作配合，将临结尾，节奏极其急促，情绪激动到极点，“世美！世美！”他一边自语，一边右手用合着的扇子连连狠击自己的乌纱，表现了角色的思想反复和他的自我谴责、自我否定。

《武松杀嫂·狮子楼》

彭美英（国家级非遗项目正字戏代表性传承人）

正字戏传统剧目《武松杀嫂·狮子楼》一折，陈宝寿先生饰演的武松，有一段特别的表演。狮子楼上，武松为给哥哥武大郎报仇，与西门庆展开了一场激烈的南派武功对打，先是武松与西门庆以南拳对打，之后，武松从靴中取出一把利刀（正字戏传统叫杀嫂刀，是把真刀），向西门庆刺去。西门庆左闪右避，然后站定了一个双弓步，双手叉腰，与武松面对面。武松左手叉腰，右手拿利刀左右刺西门庆的脖子。开始是慢动作，越刺越快时，武松转身面朝观众，双足急蹬，利刀如闪电在西门庆脖子左右闪动着，台下观众报以最热烈的掌声和喝彩声……这种表演形式，正字戏艺人叫“杀千刀”，其含意是西门庆罪该万死，杀千刀还不解恨！

罗品超：

冶文武于一炉

集刚柔于一体

罗品超（1911—2010），原名罗肇鉴，人称鉴叔，祖籍广东南海，粤剧表演艺术家。12岁入行，20世纪30年代开始崭露头角。1931年后参加过千秋鉴、九华台、觉先声粤剧团。与薛觉先、靓少凤、千里驹等合作演出，在广州、香港、澳门以及南洋各地有较大的影响。新中国成立后，历任广州珠江粤剧团团长，广东粤剧院副院长，中国文联第四届委员，中国剧协第三届理事、广东分会副主席。1988年移居美国。1995年在美国获得纽约林肯艺术中心和美华艺术协会授予的『终身艺术成就奖』。2004年以93岁高龄成功申报吉尼斯世界纪录，成为至今在世界戏剧舞台上年龄最大、舞台演出时间最长的艺术家。其表演刚柔相济，洗练细腻，尤以小武见长。特别是自成一格的『回龙腔』韵味独特。著有《罗品超舞台艺术七十三年》一书。

艺术观

◎如果你对传统不懂装懂，妄然打着改革的旗号去乱斩乱杀，势必会在乱刀中把精华也斩掉，这就不但无功，而且有过。

◎一个折子戏能够成为保留剧目，必须有站得住的表演和唱腔。所以我苦下功夫，反复琢磨，应简的简，应丰富的丰富……总之要把口白、锣鼓、身段、表演都适当结合在一起，戏才会演得精美。

——罗品超

创作之路

随心“撷英”，脱颖而出

粤剧，是一个十分注重唱腔艺术的剧种，在200多年的历史发展过程中，出现过许多在演唱艺术和唱腔艺术方面卓有成就的演员，罗品超就是其中之佼佼者。

罗品超1911年出生。小的时候，罗品超孤苦无依，12岁进入广州花都孤儿院。因为孤儿院经费紧缺，成立了一个粤剧表演班，从小喜欢粤剧的罗品超呆不住了，他找到负责教授的艺人花鼓江，要求拜师学艺，就这样，一脚踏进了粤剧行当。

1929年春，以我国戏剧前驱、和梅兰芳同为人们所称颂的“南欧北梅”中的欧阳予倩为所长的广东戏剧研究所在广州创建；同年9月，研究所附设了戏剧学校。著名戏剧活动家田汉、洪深分别任名誉校长和校长。广东戏剧研究所成立后，当时粤剧和京剧的著名武打教师方芷湘（绰号“花鼓江”）、周宝奎（绰号“狮子头”）等都先后受聘到校任教。由于花鼓江被请去当教师，罗品超也跟去了。研究所设京剧、话剧、粤剧好几个班。罗品超原是戏曲班的专修学生，但有时也被借调协助话剧排练和演出。京、粤两派技艺，罗品超均有机会钻研，随心“撷英”，他兼收并蓄，获益匪浅。此外，由于欧阳予倩准备排练粤剧《杨贵妃》，请来专教新型舞蹈的女教师孙仕傅，排练安禄山部落方面——配合一组“狂风大雨歌”——的野趣群舞

罗品超剧照

（其中掺杂不少西洋成分），同时，欧阳老自己编排的《幻灭》一剧，女石膏像（由演员装扮）让雕刻家深深一吻而获得生命的纯真民族乐舞，罗品超也极感兴趣。粤剧功底、京剧气势、西洋舞风，从他的后来表演艺术都可看得出或隐或显有所融会。罗品超还做到练武、练唱两不误，自律甚严。当时研究所已组建了集中约20多名乐师的管弦乐队，罗品超对乐队的练习或演奏，都腾出时间去旁听和欣赏。校中除规定必修唱腔训练外，还有剧本朗读一门课程，这原是话剧班的功课，戏曲班的学生不一定参加，但他认为这与吊嗓有互相呼应作用，也不轻易放过。他所吸取的“营养”是多方面的，根基也是相当扎实和稳固的。罗品超后来说：“我至今依然感激花鼓江，他劝我学了京剧和话剧。”正是由于对京剧的表演手法和话剧对人物的深度刻画的掌握和理解，罗品超才以出色的唱打功夫、生动的演技在粤剧界中脱颖而出。

兼容并蓄，造诣深湛

“罗品超有‘回龙鉴’之美称。他在自己的艺术长河中，塑造了无数富有个性的英雄。很多人物的塑造往往通过回龙腔的演唱去演绎，虽然每个回龙的旋律差不多，但唱法、感情、节奏、速度却不一样，绝不会千篇一律，流于俗套。……回龙腔多用于小武和武生，它能很好地抒发各类英雄人物的郁抑、愤懑、沉闷、悲壮、焦虑、急躁、紧迫等情绪。”罗品超“就是遵循自己对回龙腔的见地、认识，大胆地用它去演绎各类人物的”。应该说，广东戏剧研究所是罗品超表演艺术长河的美好源头。罗品超结束学业正式“搭班”以后，首先得到粤剧著名小武靓耀、小生风情杞等的言传身教，传统的表演艺术便日趋成熟。

1930年开始，罗品超在粤剧千秋鉴、九华台等剧团担任正印小生；随后在觉先声剧团与薛觉先、靓少凤、千里驹、陈非侬等著名演员合作演出，此时他十分留意对方的发音咬字和运腔，以纠正自己的唱法，但非全盘模仿，

1961年罗品超在街头领唱《学习雷锋好榜样》

罗品超摄于1953年

只择其善者而从，且锐意兴革了。除在广东各地城乡、港澳演出外，他还随剧团到泰国、新加坡、马来西亚、美国、加拿大等国家演出，早已名扬四海。

新中国成立后，罗品超先后在珠江粤剧团、广州市粤剧团、广东省粤剧团、广东粤剧院担任主角。罗品超由此排演过不少优秀剧目。偏武的有《荆轲》《林冲》《李文茂》《黄萧养》《佘赛花》《黄飞虎反五关》和一批折子戏《平贵别窑》《回窑》《罗成写书》《五郎救弟》《醉打蒋门神》和《凤仪亭》等；偏文的有《梁山伯与祝英台》《错送鸳鸯被》和《梁天来》等；近代戏和现代戏有《北郭奇兵》《小二黑结婚》《雷雨》《母亲》《南海长城》《刘胡兰》《沙家浜》《红花岗》和《山乡风云》等。其中不少成为粤剧的保留剧目。此外，还排演过外国题材的戏，如《春香传》《璇宫夜宴》。他更醉心于莎士比亚名著《奥赛罗》，多次秘密化装成这位摩尔人并塑造其各种神态，且暗中物色苔丝狄蒙娜的饰演者，研究、观察、分析和取舍，煞费苦心！对北派某些秘诀——运腔与技法，是否可以让它渗入南派的表演中来，且如何渗入，罗品超中晚年更严格狠下功夫，把关筛选。

他在舞台上饰演各种不同的角色，留下了许多光彩照人的人物形象，被认为是新中国成立后粤剧行中以饰演英雄人物见长的第一代著名演员，受到广大粤剧观众的欢迎。1952年，罗品超和李翠芳合演的《凤仪亭》参加全国戏曲观摩演出，荣获演员表演一等奖。1986年，粤剧、邕剧座谈会在南宁市召开，他与林小群重排献演《凤仪亭》，格调又有创新，戏磨得更有光泽，获得观众甚至同行们的认可和好评。1960年，在北京彩排的准备赴印尼演出的几个折子戏中，《醉打蒋门神》和《罗成写书》最令人瞩目。罗品超与郎筠玉主演的《梁山伯与祝英台》随剧团赴上海公演时，曾与当时盛行于沪的上海越剧《梁祝》（范瑞娟饰梁山伯，傅传香饰祝英台）“对台”献艺，结果双方满客。粤、越两剧在上海春申并蒂开花，真可耐人寻味！戏曲现代戏，罗品超演过《小二黑结婚》《山乡风云》和《红花岗》。《山乡风云》一剧，他塑造黑牛形象十分成功，给观众的印象极为深刻；《红花岗》一剧在广州首演之后，曾于1958年夏天至南昌、杭州、上海、南京、合肥、蚌埠

罗品超艺术造诣蜚声海内外

1995年由美国纽约林肯艺术中心和美华艺术协会颁发给罗品超的终身艺术成就奖

和淮南等地巡回演出。在上海北四川路群众戏院公演时，周信芳、袁雪芬等名家均来看戏。周信芳认为剧中的人力车工人张胜——罗品超扮演的拉车表演极富特色："和我的徐策跑城，有异曲同工之妙。"袁雪芬则欣赏张胜的就义处理，刽子手放了第一枪，张胜不倒，甚至向刽子手步步迈近；第二枪子弹出膛，张胜仍不倒；第三枪正要发射，张胜已贴近刽子手面前，重重一拳，刽子手先倒了，然后张胜才慢慢卧在血泊之中。这是运用丰富的想象和夸张的手法来完成"积极的浪漫主义"的构思的。

罗品超除了演出粤剧之外，新中国成立前在香港曾拍摄过几十部粤语电影。古装的有《梁祝恨史》等，时装的有《广州一妇人》等，被观众誉为"伶、星两栖演员"。如果把他少年时期在剧校所演的话剧也计算在内，岂止"两栖"？他融我国民族戏曲（特别是粤剧）和外国电影、话剧的艺术技巧于一炉，多年以来，辛勤探索"古为今用、洋为中用"这一理论与实践。作为一个始终面对现实，而又敢于力排干扰的著名粤剧表演艺术家，他的奉献精神无疑是崇高的。

蜚声中外，心恋祖国

1989年，罗品超到美国纽约市定居，但仍继续从事粤剧活动。或到当地艺术学院授课或在华侨戏剧社团辅导；也经常返回广州、香港、澳门，并到新加坡等地演出，锐气未减当年。1995年，他荣获美国纽约林肯艺术中心和美华艺术协会颁发的第四届“终身艺术成就奖”。这一殊荣的获得，使他精神益加振奋！86岁高龄的他，仍回广州与广东粤剧院联系组建轻骑剧队，到珠江三角洲各城镇巡回演出。罗品超侨居异域，心恋祖国，每年有三四个月甚至半年时间回故地献演，或与挚友磋商艺事。其意识清醒，令人钦佩。2010年7月15日下午1时30分，罗品超在家中与世长辞，享年99岁。

罗品超12岁开始登台至2010年仙逝，在粤剧舞台上“驰骋”逾80年。2004年，以93岁高龄成功申报吉尼斯世界纪录，成为“世界上年龄最大、表演时间最长的艺术家”吉尼斯世界纪录保持者，是粤剧界乃至中国戏剧界的骄傲。在这80多年的粤剧表演生涯中，艺术造诣蜚声海内外，他所饰演的角色，小武、文武生、小生一应俱全，尤以小武行当见长。以演《罗成写书》中的罗成、《平贵别窑》中的薛平贵、《五郎救弟》中的杨五郎、《林冲》中的林冲、《荆轲》中的荆轲、《山乡风云》中的黑牛等著称，他善于吸取粤剧前辈唱腔上的优点，成功地创作了不少新的唱段，特别是自成一格的“回龙腔”韵味独特。在长期的舞台实践中形成了“刚柔相济，精确凝练，潇洒俊逸、不墨守成规”“冶文武于一炉，集刚柔于一体”的粤剧罗派表演艺术风格。

（张晋琼）

专家点评

南派粤剧艺术的成功之路

林涵表（中国文联原研究员、中国文联出版社原副总编辑）

罗品超对南派粤剧文武生表演和唱念艺术的继承与发展，能达到崇高的境界，为世界所公认，其中有何经验可寻呢？

我认为有一个主要的经验是，他的艺术创造，不是像某些戏曲演出那样，每场戏都在“翻版”过去的演出模式，而是围绕形象的创造，不断更新（哪怕是微小的更新）。他的每场演出都是一次创造。他扶掖了七八代旦角演员，共同合作演出他的首本戏，对每一代旦角拍档，都是耐心引导，把戏重新接练一遭的。因此他与不同合作者同台，又有新创造。因此，他的演出常演常新，越演越美。我想归纳一下他这方面的经验，俾作参考。

1. 罗品超创造南派粤剧艺术形象，不是借人物之壳来表演技艺，而是每场演出都投入创造，务使形象保持全新，不是重复旧的，更不是旧瓶新装酒。

2. 他的形象创造是有目的的，具有目的性。凡人物形象舞台行为的线索、思想脉络，都是如此，运用技艺而不玩弄技艺。

3. 他对任何形象的创造，设计都不脱离南派粤剧艺本的传统手法，不脱离粤剧特有的以实带虚、写实为主和多用分幕形式等艺术规律。他对南派粤剧艺术传统及其他中外艺术有丰富的信息储存。他的艺术头脑像一个开放性的信息储存库，他信手拈来便可把信息加以重新组合，进行有限度的而不是滥用的推陈出新。这个限度，就是不突然而来或不超越于当时广大观众的审美之约定俗成。由是，他取得了他的舞台艺术的艺术价值（相反，假若没有限度，距离广大观众的审美习惯太远，使观众不能接受新的约定俗成，便不能完成其舞台艺术的艺术价值）。

4. 他对人物是进行深层次的挖掘，因此对形象进行演绎时能具有深刻性和特异性。演绎形象时，他又做到了较好解决内容与形式的矛盾统一，因而能够产生美感。

5. 他还十分注重形式美与意境美的统一，即协调。由于他与导演亲密无间地合作，所以这方面的成就显著。意境美是通过形式美来表现的，但形式美在某种情况下（如几个角色之间相互妨碍，或几段表演的分量失去平衡），不一定与意境美统一的。两者协调，固然应由导演指引，然而更多的是要由演员去制约。因为在戏曲舞台演出中，演员的行动是由演员即时直接制约的。在这方面，罗品超做得特别好，如《荆轲》中有许多群戏，都是由于他的制约而获得形式美与意境美的统一的。他的做法是以意境美为主导，去创立形式美。广大观众通常都是因为感到形式美与意境美的统一，才开启了产生美感的心理条件，才能获得审美之愉悦。

“鉴腔”的唱腔风格与音乐形象

李时成（中国曲艺家协会原副主席）

罗品超的演唱音域宽广、中气充沛、吐字有力、刚健稳当，唱腔风格独特，以其工整、正宗、耿直、豪放的艺术特色自成一体，备受广大粤曲爱好者的推崇。人们亲切地将它称为“鉴腔”（罗品超原名罗肇鉴，以演员的姓名冠称其唱腔是粤剧的一种习惯），视为粤剧流派唱腔中的一“派”。“鉴腔”早已在名腔辈出、争妍斗丽的粤剧唱腔流派中展示出其别具一格的迷人风格。

“鉴腔”的唱腔风格

它的代表性唱腔中，散板和中板是最具特征的，即使是四拍子的二黄或梆子慢板，也极少出现缓慢拖沓的感觉。速度较慢的唱腔，他会用旋律填补唱词之间的空白，丰富其过渡性腔句，小腔的运用恰到好处，使唱腔的连贯性、旋律性能够充分地发挥，达到平滑畅顺的旋律要求，长于表现英雄人物的性格特征。这种风格的形成是罗品超经常饰演英雄人物的结果。人们对罗品超唱腔的认识，多数是从《罗成写书》中的罗成、《五郎救弟》中的杨五郎、《凤仪亭》中的吕布、《荆轲》中的荆轲等人物唱腔开始的。先入为主，自然会对“鉴腔”产生一种印象，而这种印象正象征着“鉴腔”的某种风格。

“鉴腔”的唱腔风格，既可以在人物唱腔中体现，同时，也可以从流畅的板腔中领略。粤剧唱腔中，曲牌的韵律是最流畅的，而唱曲牌的真正功夫，“鉴腔”表现特别见长。……概括说来，“鉴腔”的风格，外在的体现在工整、正宗、耿直、豪放的正面人物唱腔，而内在的体现则在清新、爽朗、流畅、顺口的板式唱腔。这种唱腔风格，在当今粤剧唱腔流派之中是不多见的。

“鉴腔”的音乐形象

“有源之水才源源不断，有特色的唱腔才能百听不厌”，这是罗品超设计唱腔的“宗旨”。他还举例说：回龙腔原是《夜围曹府》中赵匡胤唱的一段唱腔，整支称为“夜围曹府”，前面的一句人们经常运用，称之为“回龙腔”。这是一种传统的唱腔，早已深入人心，但如昊不加分析地在不同的人物唱腔中使用，不但会有损角色形象，同时也会让人们感觉单调。所以他每逢演唱回龙腔时，都一定会根据剧情和人物去加工设计，如在《罗成写书》中罗成的一段唱，在唱到回龙腔“重围未破……”时，他为了表现罗成义无反顾的英雄气概，一气呵成地唱出传统的回龙腔；但在《五郎救弟》戏中，杨五郎的一句回龙腔，表现的是另一种情绪，是五郎在向六郎哭诉悲离痛惜的往事，他便将回龙腔用一字一音、一音一顿、如泣如诉的唱法唱出；还有《林冲》中的回龙腔、《小二黑结婚》中笂回龙腔、《刘胡兰》中的回龙腔、《沙家浜》中的回龙腔等，罗品超都有不同的处理。在他看来，由于剧情不同，人物性格不同，用同一节奏、同一唱法、同一情绪的唱腔是分辨不出来的。其实，一个传统的唱腔，稍加处理，便可以表现出多种不同的人物，交代多种不同的场景，表现多种不同的情绪。足见罗品超对传统唱腔的灵活运用。他也因这多个不同的回龙腔，得了“回龙鉴”的美誉。

匠心赏析

▲ 《逼上梁山》

钟少辉（广东粤剧院艺术室原主任）

《逼上梁山》选场，这出戏唱的分量是很重的，演出时间从头到尾50分钟左右，林冲的唱占全剧十之八九。66岁高龄的罗品超一连唱了40多分钟，连唱带做，看来没有吃力的感觉，数十年如一日地保持着他的艺术青春。他对唱腔的创造，不是为唱腔而唱腔，而是根据该人物特点运用高亢、铿锵而优美的声腔，其吐字清楚，旋律流畅，极富粤剧小武的色彩，听来亲切感人。例如：（内唱【追信】引子）“朔风冷，一天飞絮银海翻。”人物还未出场，便把观众带入剧中的情景。如进庙后，第一段曲，【回龙腔二黄慢板】开始用“短筒”独奏伴唱，“俺林冲独坐在山神庙内……胸中枉有安邦志……”前两句介绍林冲的遭遇。“家中妇，情何堪，与俺同遭劫难……不知何日回还。唉！（唱序）相逢在梦间。”后两句，可以看出当时林冲因不知家中情况如何，由忧虑进入绝望，而引起悲号。英雄好汉，受了这种冤屈，当然极其悲愤，想要和妻子见一面都不可能，只能寄托于梦中，所以唱出“相逢在梦间”。这段【回龙腔】，是他擅长的唱腔，由于处理得很出色，所以，每次演出，都受到观众的赞叹。不少观众看戏后反映：“罗品超果然名不虚传！”一个演员，能够获得这样的赞美，决不是偶然的。

▲ 《罗成写书》

潘邦榛（粤剧编剧家、撰曲家）

此剧情节十分集中，就表现唐朝名将罗成“勒马停枪在城边”，在“重围未破”的苦战间隙中写下血书，射上城楼，嘱儿子罗春带往长安的过程。全剧的特色在于几乎是一场精细的“独角戏”（罗春只出场片刻），舞台上的看点是罗成唱做并重，技艺高超，一气呵成，动人心魄。戏同样也是小武东生的创造，但鉴哥结合自己的条件加工发挥，取得了很大的成功。首先说唱功。整段唱全用“梆黄”，既有传统唱法，又有不少的变化，如【首板】后一开始便是鉴哥擅用的“二黄”的专腔“回龙腔”，慷慨高昂，先声夺人，唱出了“重围未破心犹壮”；紧接着便是配合着取宝剑、割白袍、咬银牙等动作，边唱边做，其中“银牙一咬中指破”一句唱法大变：“银牙”两字复唱，“中”字拉至“6”音，“指”字突提高至“i”音，“破”字后则拉一个较新的拖腔，顿挫分明，富有感情色彩。之后以“梆子”板式为主，唱至“等待天明重征战”句起，他将【七字清中板】以爽快的节奏唱出，随着锣鼓声，他再转唱成【快中板】，并且以连环相扣的唱法越唱越快，至“俺本待写多三几句，血干袍尽写不能”句一字一音，富有爆发力，将罗成将要写罢血书时的愤慨、勇敢及冀盼表现得十分真切！至于这个戏的做功，实在最为精妙，因为同一题材、同一情节、同一“独角戏”式处理的《罗成写书》在京剧等剧种中都有，而鉴哥作为粤剧的演法却独具一格，倍显功力。

任剑辉：半作约隐教雏凤 朝阳鸣凤震当年

任剑辉（1913—1989），原名任丽初，又名任婉仪，广东南海西樵人。任剑辉自幼喜爱粤剧，14岁学艺，几年内便升为正印小生。其后凭一曲《西厢待月》在梧州、佛山成名。1935年至1945年，任剑辉在澳门女扮男装出演文武生，开始自成一派风格，并获得了『戏迷情人』的美誉。抗战胜利后，她随剧团到香港演出，此后一直留港。1969年后，由于健康状况不佳，她不再踏足舞台，转而专心栽培年轻艺人，培养了一大批杰出艺术家。

任剑辉的声色艺都有过人之处。她声清而不浊，唱曲咬字露字，运腔在薛觉先和白玉堂之间而自成一格。她身段并不矮小，以女饰男时，一张脸略显瘦削却并无女儿相。至于演技，她的台型大方，出手干净，举手投足都自有寸度。她的文戏风流潇洒，令一众男儿望尘莫及，班身在40年以上而享誉不绝。

艺术观

◎登台表演不是把所有功夫堆在一起表演出来，每一个动作都要符合剧情符合人物特点才行。

◎我也不知道在舞台上做这个动作时应该是手指向左还是指向右，脚在前抑或脚在后，每次演出我都不同的。自然就是美。

——任剑辉

创作之路

学艺的开始——鹊巢抱出凤凰儿

民国元年的农历腊月二十九，公历1913年2月4日，任剑辉出生在广东南海（今佛山市南海区）的西樵镇，乳名亚好。南海自古便是鱼米之乡，西樵更是在晚清时期出了一大批走在中国最前沿的人物，康有为、黄飞鸿、詹天佑、戴鸿慈等人都是从西樵走出去的。但是任家在这富庶之地却过得很是艰难。家中人口太多，任剑辉的父亲是六个兄弟中年纪最长的，而在年轻一辈中，任剑辉也是排行最大的那个，下面有一大堆弟弟妹妹。家境贫寒，又身为大姐，任剑辉很早便懂得了生活的艰辛。据白雪仙回忆，任剑辉少时曾经历过非常穷苦困窘的生活，更曾帮着家里“扑线碌”赚钱维生。

14岁那年，任剑辉小学毕业，决定去广州学习粤剧，以此养家糊口。学艺的道路自然是艰苦的，所幸任剑辉表现出了自己的努力与天赋，没多久便得到了表演的机会。只是这登台的日子一天天近了，一家人却越来越忧愁，为此她还曾与母亲抱头对哭过一整晚。一方面，大概是母亲心疼女儿，年纪轻轻便要担起家里的重担，而且还是去当“戏子”，当时伶人的社会地位并不高，这一登台，便意味着一个完全不同的人生。任剑辉的堂妹任艮后来接受访谈时说，“她学戏后，村里的太公不承认她，等于将她驱逐出族”。而另一方面，则是母亲的忧虑：她能看出来女儿对于粤剧的喜爱与天赋，但是，家里是拿不出钱为她准备行头的。无奈之下，他们只得把家里稍值几个钱的物品全拿去典当，再求朋友帮忙，这才有钱做几套戏服。当时的她们大概想不到，这些付出在之后获得了数倍的回报，而且这几套戏服也完完全全改变了任剑辉的人生。

任剑辉最开始是在西关跟着姨妈学艺的。姨妈名为小叫天，是一名女小武。待任剑辉展露一定的天赋后，又被引荐给了班里更加出名的老倌黄侣侠，由黄侣侠亲自教导她基本功。黄侣侠演的是诙谐戏，唱做都模仿马师曾，因此又有“女马师曾”之称。她对任剑辉非常上心，在早期给了她非常多的教导。不过，任剑辉一心要当正式的女文武生，对黄侣侠的马腔不感兴趣，却对粤剧一流文武生桂名扬的唱做极为心仪，闲时便往戏院偷师学习。

黄侣侠与任剑辉这一对师徒，可以算作艺界的楷模：师父倾囊相授，徒弟很感激，却对她的戏路不感兴趣，师父也不恼，还全力支持徒弟发展。所以在后来很长一段时间里，任剑辉主要演马派的戏，但身形台步甚至唱腔都极受桂名扬的影响，并且慢慢地转向完全的桂派，因而当时的她有“女桂名扬”称号，这些都与师父黄侣侠的理解与支持分不开。抗战胜利后，任剑辉在香港伶影皆红，黄侣侠却老了，任剑辉便赡养她。1959年黄侣侠病逝于香港，身后事也是任剑辉全权办理的，师徒间的相互理解与相互关心已经不仅仅是传承衣钵这么简单。任剑辉一直重情重义，若是将她比作戏台上的一只凤凰，那么她对家人朋友的眷念便是她奋飞的动力，也是她盘旋踌躇、不忍离去的原因，正如王维诗中所说，“几回欲奋飞，踟蹰复相顾”。唯一遗憾的是，她料理了师父的身后事，却无缘为母亲送终。她的母亲去世时，她正在下乡演出。

演艺的发展——凤雏骧子日相高

任剑辉的舞台生涯是从广州的各个天台游乐场开始的。当时有三间百货公司将天台辟作游乐场，黄侣侠在其中的先施天台任主帅，任剑辉最早的登台表演自然便是在这里。她参加的是全女班，班名“镜花艳影”，没几年便升为正印小生，开始崭露头角。后来她又去了真光百货公司的天台舞台演戏，成为潘步云旗下的有名女伶之一。这时她跟在师父门下，主要还是循规蹈矩地练习马派的一些经典戏份，如《苦凤莺怜》《佳偶兵戎》《刁蛮公主戆驸马》等。

其后她四处走埠，跟随戏班下乡演出。不同于现在的“送戏下乡”活动，当时的戏班完全是为了生计而奔波，哪里有市场就往哪里走，有时坐船泊岸时已经半夜两点，有时村子特别小，只有一间祠堂，几个乡的人凑在一起看一场，不管怎样，只要靠岸了就要开锣唱戏，甚至要从晚上一直演到第二天天亮，叫作“天光戏”，这样才对得起数日的水上行程，也才对得起十里八乡前来看戏的父老。所幸这样的努力是有回报的。任剑辉慢慢地在梧州、佛山打出了名声，尤其受热捧的一出戏是《西厢待月》。她也因此被各方演艺公司看好，并应广州安华公司天台游乐场之邀加盟全女班“群芳艳影”（后改名“镜花艳影”）剧团。经过这一番辗转磨炼，她的舞台经验迅速积累起来，在“群芳艳影”中挑大梁时，她才27岁。不过，这样紧张而自由的演艺经历，也让她的戏路彻底地从马派转为桂派。

任剑辉原本打算在澳门演完数出戏便回广州，想不到一演便是十年。1935—1945年，这十年里，她先后在澳门多个粤剧团当台柱，就此奠定她后面几十年的演艺风格以及最佳拍档。从最早的“群芳艳影”，到与薛觉先的弟子陈皮梅合组“梅花艳影”，之后又与从香港过来的谭兰卿组成金星剧

粤剧群伶合影，任剑辉在后排右二

团，“金星”解散后还组了“三王”，这些全是她在澳门的经历。不过若论重要性及突破性，要数这之后的新声剧团。当时任剑辉任文武生，陈艳侬为正印，白雪仙任二帮花旦，与梁醒波、靓次伯的合作也是从这个时候开始的，配搭强劲，所以自成立后“新声”便成为当时的长寿班霸。新声时代的任剑辉，已不再模仿桂名扬，而开始自成一派风格——任派，并且用自己独特的“任腔”去唱戏，她的运腔在薛觉先和白玉堂之间，浑厚而不失婉转。这一段时间，她主要是演文戏，戏宝包括《晨妻暮嫂》《红楼梦》等。由于她声、色、艺俱全，扮相又俊俏，绝无女儿态，风流潇洒更胜男儿一筹，所以不少太太、少女甚至妈姐等女性观众都为之倾倒，授予她“戏迷情人”的美誉。

抗战胜利后，她领导的新声剧团移师香港演出，同样大获成功。不过，成员纷纷被各方拉拢加盟，剧团遂解散。此后她一直留在香港，组建仙凤鸣剧团并大获成功，直至1969年因为健康状况欠佳而退出舞台。其间她一直享有盛誉，从未中断和低沉过，她对粤剧贡献良多，影响深远，及至退出艺坛之后，仍深受影迷及行内人士的敬爱。

仙凤鸣剧团合照

培养新艺人——迎阳韵协将雏凤

年纪一天天地增长，身体状况也越来越差，任剑辉住医院的日子慢慢地多了起来。她开始萌生退意，并且得到了好友白雪仙的支持。与这逐渐隐退一起进行的，是她们对于舞台新秀的培养。

1959年，任剑辉、白雪仙公开招考青年女演员，800余名少女投考，最终录取22人。训练期间，她们师从京剧名家张淑娴和孙养农夫人、名导演王铿、名音乐家于燐等专家。由任剑辉、白雪仙教导她们身段台步、唱曲对白；武打方面由班中的龙虎武师指导；舞蹈方面则由吴世勋师傅负责教授。这样经过一年半的训练，才派她们在《白蛇新传》中演出。《白蛇新传》演完40多场即散班，散班之后，白雪仙、任剑辉又从这22个少女中，再经过一次严格甄选，挑出12个较有戏剧天分的少女加以训练。

她们由1961年一直再深造到1965年。1963年，任剑辉、白雪仙认为学生们的唱做功夫已经算是中规中矩了，于是正式在仙凤鸣剧团的基础上另行成立年轻艺人的团体，名为雏凤鸣剧团，取“雏凤清于老凤声”之意。剧团的成员以年轻人为主，只以兴趣形式加入仙凤鸣剧团，以团带团。主要成员全

雏凤鸣剧团

是任、白的徒弟，被二人视作粤剧的接班人，即使是成立剧团之后，二人仍是不遗余力地训练，希望这一班新秀将来能够继承衣钵。任剑辉负责训练“脚式”，白雪仙则负责训练花旦。所有“脚式”艺名通通嵌有一个“剑”字，花旦艺名中则都含有“雪”字，如龙剑笙、朱剑丹、梅雪诗、江雪鹭、言雪芬。

1964年，雏凤鸣剧团首次公开演出，一鸣惊人。剧团在香港演出多次，在外围演出更多，反响极好。其中文武生有任剑辉的身形与唱腔，花旦则有白雪仙的台型和声技。她们这样训练这班雏凤，不可谓不成功。即使退出影坛后，任、白仍不断扶持弟子们的剧团，并帮助她们成为一个著名的、空前的粤剧长寿班霸，而且是香港粤剧史上最具有票房号召力的演出团体。

整个剧团中最为瞩目的当然是有“粤剧史上最受观众喜爱的文武生”之称的龙剑笙，任、白更于20世纪80年代把雏凤鸣剧团的班牌赠给了她。龙剑笙多年后回忆当年自己初踏台板，恨不得把平时所练的水袖、扎架等功夫一一使出，任剑辉则教导她动作要符合剧情符合人物特点才成。龙又问，在舞台上做某个具体动作时应该是手指向左还是指向右，脚在前抑或脚在后，回答是，“我也不知道，每次演出我都不同——‘自然就是美’”。数十年前谆谆教导的场景似乎就在眼前，这样的言传身教，大概是一生也难以忘怀的。

成就与影响——千山响振鸾凤鸣

1937年任剑辉便曾参与过电影《神秘之夜》的演出。后来受白雪仙的鼓励，她开始大量接拍电影，主演的第一部电影是1951年的《情困武潘安》，由陈皮导演。其后的十数年里，她一共主演和参演超过300部影片，主演的接近290部。她主演的多是粤剧戏曲片，她的著名粤剧差不多都搬上了银幕，如《晨妻暮嫂》（1952）、《紫钗记》（1959）、《帝女花》（1959）、《蝶影红梨记》（1959）等。那一段时间的著名粤剧戏曲电影大多由她主演，也因此她连续八年（1957—1964）被选为国粤语片“十大明星”之一。在艺术方面她也做出过很多突破，比如有一套古装片叫《半壁江山一美人》，讲述西施和范蠡的故事，任剑辉在片中全部唱黄梅调，当时颇为卖座。

任剑辉和白雪仙于1956年组成的仙凤鸣剧团，在唐涤生、梁醒波、靓次伯等人的合作下，创下无数传奇，尤其是她们的《帝女花》，可以说只要有讲粤语的人居住的地方便有人在唱。任、白时代最后的传奇，是在1972年，已经息影的二人为了香港“六一八”雨灾义演重新登台献唱。那一天，李小龙截拳道踢木板，叫价1万元，而任、白合唱《帝女花之香夭》，叫价10万元。

1989年11月29日任剑辉因病辞世。“如可赎兮，人百其身”，这是在她的葬礼上，白雪仙写的挽联。为纪念挚友，白雪仙于1990年成立“任白慈善基金”，用来支持广东传统戏曲的研究工作；1996年基金会捐款给香港大学兴建工程大楼，题名“任白楼”。

1995年，任剑辉获香港电影金像奖“戏曲电影百年殿堂大奖”，以表彰其对香港戏曲电影所做出之重大贡献。2001年第二十届金像奖颁奖典礼上，大会将终身成就奖颁给了白雪仙，她致答谢辞时款款细表：“世事真是好奇妙，往往不是来得太迟，就是来得太早。今晚这个奖一半是属于我的，一半是我替人拿的。正是因为我可以替她拿这半个奖，我觉得好荣幸，我永远都会铭记。这个奖来得不迟不早，成就了我和她一生在伶影界的事业。”

2009年12月20日至2010年9月27日，香港文化博物馆举办“梨园生辉——唐涤生与任剑辉”展览，立体地呈现两位粤剧巨星的丰富形象。2016年2月4日，Google香港将网页封面换成任剑辉的照片，以纪念她的103岁冥诞。

一恍惚又是数十年。当年任剑辉在《帝女花之庵遇》中唱的那段“秋江别”仍在耳边，“飘渺间往事如梦情难认”，难道果真无可奈何？不，至少，我们记住了那个时代，记住了任、白。“琴诗酒友皆抛我，雪月花时最忆君。”

（肖海华）

专家
点评

任剑辉的唱腔艺术特色

谢伟国（暨南大学教授）

我们今天所欣赏到的任剑辉女士唱腔艺术，有着充满清越俊逸而不失苍厚之感，爽朗干净中自有韵味绵长的个性特色。其行腔总是清爽利落，自然而然地就能吸引着你，像磁石般美。诚如她在《帝女花之庵遇》中有一小段慢板："我飘零犹似断篷船，惨淡更如无家犬。哭此日山河易主，痛先帝白练无情。歌罢酒筵空，梦断巫山凤。雪肤花貌化游魂，玉砌珠帘皆血影。幸有涕泪哭茶庵，愧无青冢祭芳魂。落花已随波浪去，不复有粉剩脂零。"此处仅12句唱词，从第一句起她就有异军突起之势，接下来的唱更是苍凉凄越，跌宕回肠，将国破家亡、离情幻化之境演绎得哀恳撩人，让听者无不为之动容。这一方面需要演员对戏文曲词理解深彻，另一方面又需要自身的功力。大凡粤剧、粤曲的演唱者都比较明白，唱腔中慢板和长句滚花（尤其是无伴奏的长句滚花）是最难掌握的。而任姐唱来流利、淡定，不失大家风范。

任剑辉女士的唱功深厚，不但表现在行腔清越畅逸，而且咬字吐字清正，寸度气息饱满，能做到真正的字正腔圆，声情并茂。她演唱的字、词、句之间总是寸度得体，从无偷工或拖泥带水之弊。她与白雪仙合作的多出戏宝唱段，今天大多已经成为粤剧、粤曲后辈们学习的典范。唐涤生先生在撰曲中运用了不少完整的小曲或著名的民乐曲填词创作，如《妆台秋思》《小桃红》《双星恨》《春江花月夜》《流水行云》等等。这些重于韵律美的名曲固之然对唱者有所帮助，但任、白唱来并未因其曲流畅而落于滑腻，相反，她们总能根据戏中词意的内涵，加以区别处理，或幽怨缠绵，或苍凉悲越，或以情带腔，或以腔带韵，给人一种丰厚朴茂的享受。

任剑辉女士唱腔中还有一种雍容大度的风格，这是一个有追求、有创造的戏曲演员追求儒雅境界的可贵之处，并非凡人所能企及。她一生可谓演尽了才子与书生，不停地在才子佳人中传递情愫，但又性格迥异，各显其情。如：哀怨而不失气节的十郎（《紫钗记》），潦倒而骨气犹存的玉培（《枇杷巷口故人来》），以身殉国的世显（《帝女花》），执着痴情的汝州（《蝶影红梨记》）等，不一而足。虽然同为一个“情”字，但她能把传统道德文化中仁、义、廉、耻的内涵不同程度地展现给观众，让你观之动容，听之贯耳。在这些形近而又性格迥异的人物角色中做到个性鲜明，是极其难能可贵的。从中亦说明“中国的戏曲表演艺术中对任何一样东西都要有把它从内心到外形一直贯串到底，因此这样的戏，无论什么人来都能看得懂”。

2013年是任剑辉女士诞辰一百周年，借此之际，在缅怀一代粤剧表演艺术家的同时，笔者以其唱腔之艺术特色为例，企求同道与广大顾曲周郎学习她那种富于创造的精神，因为只有坚持这种精神，才能让我们的传统文化得以传承，只有这种精神得以延续，才能使其文化价值得以永葆。

最后，笔者试拟任姐所演有关剧目的素材来填《最高楼》词一阕，作本文后记。

贞魂祭，钗剑百年辉。底事梦依稀。倚璋双树香夭日，九天玄女化情时。怎能消，洛阳水、宋王诗。　　且莫问，红梨花下雪。且莫问，牡丹亭上月。寻遍了，若心痴。红楼木石姻盟渐，故人深巷鹊桥移。叹今宵，声艺早，玉漏迟。

匠心赏析

▲ 《帝女花》

陈张立（杭州文艺联合工会会员，杭州市剧协会员）

个人认为任剑辉的周世显占一个“真”字，情真意真，情绪都是发自内心，丝毫不见有做作和表演的成分，全是内心真切流露。周世显在向长平公主道出自己愿意与她共同赴死的时候，他紧握着长平公主的手，没有任何身段动作，也没有唱段，只有一句念白，却把周世显内心中的悲哀和坚定表现得淋漓尽致，可谓是情真意切。你无法分辨这一刻面前这位到底是任剑辉还是周世显，所有因为时代原因影响画面质量的因素在这一刻消失了，面前只有一个清清楚楚、真真实实的周世显。

▲ 《紫钗记》

谢伟国（暨南大学教授）

这些重于韵律美的名曲固然对唱者有所帮助，但任剑辉、白雪仙唱来并未因其曲流畅而落于滑腻，相反，她们总能根据戏中词意的内涵，加以区别处理，或幽怨缠绵，或苍凉悲越，或以情带腔，或以腔带韵，给人一种丰厚朴茂的享受。如《剑合钗圆》一曲，用的是《春江花月夜》这首脍炙人口的名曲，旋律十分优美典雅，但因其是该剧情故事内容的特定情景，任、白二人在处理上则从释解误会到破镜重圆的过程中，逐层渐进地演示开来，不惊不乍，从容若定。犹如剥茧吐丝般，美不胜收。

黄桂珠：

琵声激越穿云汉
琴语低徊泣鹧鸪

黄桂珠（1916—1994），艺名黄吉，广东大埔人，中共党员。一级演员，工青衣、花旦。1925年从艺，师承来明师公，历任广东大埔民声汉剧团副团长、广东汉剧团副团长、广东汉剧院副院长、梅县地区戏剧学校副校长、广东汉剧院艺术顾问等职。曾任广东省人大第一至三届代表、广东省第四和第五届政协委员、第五届梅县地区政协副主席、梅县地区文联副主席、中国剧协广东分会副主席。曾出席1960年、1979年在北京召开的中国文艺界第三次、第四次代表大会。曾受到毛泽东、刘少奇、周恩来等党和国家领导人的亲切接见，并获田汉、梅兰芳、欧阳予倩、黄芝岗、赵琛、李门等著名戏剧家的赞赏。

艺术观

◎继续努力培养新一代艺人。过去，在这方面虽做了一些工作，但汉剧迅速发展的形势，要求我们更有计划更有成效地培训新人。

◎在我们的时代里，群众的思想感情起了变化，他们对艺术的要求，一天比一天高，如何满足群众的需要呢？我体会到一方面要继承传统，同时也要大胆细心地革新传统，发展传统。

——黄桂珠

创作之路

3岁被卖，10岁随养父学艺，12岁登台。

这样的成长路线，怎么看都透着辛酸与血泪。

这就是黄桂珠的童年。

她的童年，用现在的话来说就是——无童年，只为生存而战。

老天爷赏饭吃，给了她一副好嗓子以及对艺术的领悟力。

17岁时，她已红遍粤东、闽西，成为名角。

更难得的是，她还不是流星，而是把自己锻造为一颗恒星，在汉剧的舞台上，永远地散发着独有星光。

17岁的红角成长为“铁姑娘”

1916年6月17日，黄桂珠出生于饶平山乡的一个贫苦家庭里。家里太穷，3岁时被大埔县双溪下沐教村艺人黄荣才收为养女。10岁开始，跟随养父学习汉剧表演。

温和聪慧的天性，加上天生一副音色清亮、高亢甜润的好嗓子，不得不说黄荣才看人的眼光是极准的。拜来明师公为师后，专攻花旦、青衣，取艺名“吉妹”。时间过得很快，不怕吃苦的黄桂珠在亦师亦父的黄荣才悉心教导下，勤学苦练，悉心钻研，把师父教的基本功练得扎扎实实，学会了汉剧青衣行的许多代表性剧目。在师父的关照下，她在荣天彩、老福顺和新天彩等戏班历练，小小年纪便在舞台上摸爬滚打，技艺日进。

12岁时，黄桂珠首次公演汉剧《拾玉镯》便崭露头角。她沉浸在汉剧艺术的海洋，汉剧不仅是她生存的技能，还是她梦想开始的地方。她从不叫苦叫累，总是尽量多学戏，多演戏。从未进过学堂的她，在师父教导下，还学会了识文断字，懂得了不少做人的道理。

眨眼之间，五六年时光过去，此时的黄桂珠已是汉剧界一颗冉冉升起的耀眼之星，成为潮汕、嘉应、惠州和闽西等地竞相聘请的汉剧名旦。她担纲主演的代表作主要有《百里奚认妻》《打洞结拜》《昭君和番》《女审》《点犯》《对绣鞋》等。《点犯》是较早期演出的剧目，她以《点犯》一折的演唱特色博得“黄吉点犯”的称誉，名驰粤东潮梅和闽西各地。

除了专攻花旦、青衣之外，她偶尔也会反串小生。她反串小生的剧目有《芦花雪》（饰演闵损）、《送寒衣》（饰演韩湘子）。由于她的反串，这些剧目激发了观众的观看热情，深得观众好评。

以前，唱戏这个行当的人是没什么社会地位与尊严的，即便混到了角，仍然是卑微与低下的。多少红起来的艺人经不住摧残与考验，就此风吹雨打去，消亡在行当与历史中。黄桂珠的难能可贵在于，一直保持严谨、正派的生活作风，一贯自爱、自尊、自信、自强，多次义正词严地拒绝官绅、豪富、纨绔子弟和流氓阿飞的威胁利诱及纠缠恐吓，被戏剧界同行誉为富贵不淫、威武不屈的“铁姑娘”。

自成一派“桂珠腔”

广东汉剧是古代汉民由中原南迁时带入的“中州古调”，历经演变发展而成，迄今已有300多年历史，与粤剧、潮剧并称“广东三大剧种”，享有“南国牡丹”的美誉。黄桂珠徜徉在汉剧艺术的海洋中，塑造了一个个鲜活的人物，在戏剧舞台上留下许多令人难忘的形象。如汉剧《百里奚认妻》中的杜氏、《齐王求将》中的钟离春、《打洞结拜》中的赵京娘、《女审》中的秦香莲、《拉郎配》中的张彩凤、《红书宝剑》中的徐月娘、《贵妃醉酒》中的杨贵妃、《昭君出塞》中的王昭君、《柴房会》中的穆二娘、《林昭德》中的王金爱等形象，鲜活至今。

这些形象性情各异，类型差别大，但她都成功刻画出来，呈现于舞台之上。演唱时，她天生嗓音清婉，字正腔圆，并且她在传统的基础上发展了西皮慢板的“四句花腔”，以情带声，声情并茂，行腔持重，韵味独特，自成一派，被人誉为“桂珠腔”或称“吉派”。如她饰演的杜氏唱来哀婉痛绝、真挚感人；她饰演的秦香莲风格朴实淳厚，脉络层次分明；她饰演的少女赵京娘，唱腔复杂多变，表现纤细文秀。

20世纪三四十年代，黄桂珠已经誉满闽粤。她不仅仅是在艺术上具有精湛的水平，而且在为人的品德方面，也一贯以谦和正派、平易近人、俭朴刻苦、扶贫济困而受人尊敬。

抗战期间，黄桂珠积极投入由粤东地区文化进步人士组织的“抗日救亡”演艺活动中，先后创排了现代戏（俗称文明戏）《东方一角》《汉奸走狗的下场》《补肩褡》《抓特务》等抗战剧目，在抗战前线云霄、诏安、漳浦、汕头、潮州等地演出，极大地鼓舞了当地军民的抗日斗志。汕头沦陷后，她返乡务农，息影达七年之久。戏剧家田汉曾有“罢舞七年黄桂珠，不将衫扇媚东胡”的诗句，称赞她的民族气节。

除了传统戏中的“小姐”“夫人”外，她还在现代戏《苇塘星火》《龙渊战鼓》《转唐山》等剧目中担纲主演。据不完全统计，黄桂珠在舞台上主演了一百余个剧目。其中一些剧目已由中国唱片社录制成唱片在海内外发行。《昭君出塞》获广东省1954年度戏曲汇演特别表演奖，《齐王求将》于1962年由珠江电影制片厂拍摄成戏曲艺术片放映。

有听友表示，欣赏黄桂珠演唱的《贵妃醉酒》，比京剧还入耳。“反线大板”类似京剧的“四平调”，然落音更具缠绵意味，动人心念。有听友评为“绕绕韧韧”，想来也是赞其婉转如黄莺出谷吧！

刮起一阵《百里奚认妻》旋风

新中国成立后，风华正茂的黄桂珠焕发出新的艺术生命。她自豪地说：“在旧社会，我们被人叫作‘戏子’，今天，我要感谢共产党，让我成为人民的艺术家！”

穷苦出身的黄桂珠满怀激情地参与广东汉剧的剧种改良和革新工作，不断地创排出新的优秀剧目，不辞劳苦地走乡串村为基层山区的老百姓演出。她还废寝忘食地与同事一道，利用自身的影响力，积极争取着各级党委、政府的重视，筹备成立广东汉剧院（前称“广东汉剧团”）。

她说：“广东汉剧是一个古老的剧种，它有很多优美的表演艺术，程式繁多，也很凝固定型。但是，也要看到在我们的时代里，群众的思想感情起了变化，他们对艺术的要求，一天比一天高，如何满足群众的需要呢？我体会到一方面要继承传统，同时也要大胆细心地革新传统，发展传统。”她将“推陈出新”的精神融进剧目创作演出中。她的代表作《百里奚认妻》就是一个很好的明证。

《百里奚认妻》在粤东传唱百余年。到黄桂珠、黄粦传合演此剧时，该剧的唱腔艺术才达到了炉火纯青的境界。对于这出戏的艺术创造的目标，黄桂珠提出“要靠唱功和不多的动作来表达杜氏内心复杂的感情”。在舞台实践中，她用实际行动和创新举动达到了目标。黄桂珠的嗓音清亮圆润，声调婉转凄凉，吐字清晰，她演唱时以情带声，声情并茂，行腔持重有韵味，不尚花巧，在关键的地方使用反切音，更有强烈的艺术感染力。她以如泣如诉、一波三折的声腔，配合简练、含蓄的形体动作，成功地表现了人物贤淑文静的性格和千里寻夫的心情。

1957年5月，广东潮、琼、汉剧团赴京、沪、汉等地演出，广东汉剧带去的是《百里奚认妻》《店别》《盘夫》三个折子戏，其中以《百里奚认妻》演得最多，最受欢迎，评价也最高。5月15日，黄桂珠和黄粦传担纲主演的《百里奚认妻》被选到中南海小礼堂做汇报演出。演出结束后，党和国家领导人毛泽东、刘少奇、周恩来等上台接见全体演职员。也就是因为这次

黄桂珠表演照

演出接见，广东汉剧被周恩来总理誉称为“南国牡丹”。

首都部分戏剧界人士在座谈广东汉剧的演出时，交口称赞他们既能继承传统，又能革新发展传统。一些同志激动地说：“能在广东的一隅保留下这个古老的剧种是多么难得的事！汉剧有它特别成熟的地方。”“汉剧被富有音乐天才的广东人民丰富了。”汉剧的韵调使人感到如梦般美丽。他们一致希望广东汉剧坚持发扬古调发新声的优良传统，争取艺术创造达到更高的水平。

随后，广东汉剧在京城连演《盘夫》《店别》《三打王英》《林昭德》《柴房会》等多出剧目，深受业界和首都观众的好评。其间，全国著名艺术家欧阳予倩、田汉、梅兰芳、张庚等先后观看演出并给予了很高的评价。京剧大师梅兰芳于1957年5月19日在《人民日报》发表专题文章，赞誉黄桂珠的表演：

黄桂珠同志扮演的杜氏，从扮相、嗓音、身段上看，都符合青衣的身份。……黄桂珠同志以清亮圆润的嗓音，婉转凄凉的声调，感动了观众的心。她不用花巧的行腔来吸引观众，而是着重在表达剧中人千里寻夫的哀怨心情。

戏剧名家田汉赠诗盛赞黄桂珠的表演：

罢舞七年黄桂珠，不将衫扇媚东胡。
琶声激越穿云汉，琴语低徊泣鹧鸪。
百里紫衣能认妇，兰贞红泪且盘夫。
年来汉戏流纤巧，古调应弹向楚都。

中山大学教授张维耿表示，20世纪50年代，看过黄粦传、黄桂珠主演的《齐王求将》和《秦香莲》，其演技真是高超无比。那年代梅县松源也有个汉剧团，到各圩镇演出。他们的戏服全是自制的，用长筒球鞋代替古靴，堪称勤俭剧团。

黄桂珠年轻时剧照

广东汉剧首部戏曲艺术电影

从新中国成立之初到20世纪60年代中叶，黄桂珠在粤东乃至全省，成为家喻户晓的广东汉剧著名表演艺术家。

1956年组建广东汉剧团，她是副团长；1959年正式成立广东汉剧院，她是副院长，同时兼任当时省、市的许多社会职务。在她的带领下，经由她参与改革的广东汉剧院优秀唱腔艺术，体现了音色控制自如、高低音游刃有余的娴熟技巧，达到炉火纯青的境地。

1962年，她和广东汉剧著名老生黄粦传担纲男女主角的大型历史剧《齐王求将》（黄粦传饰齐王，黄桂珠饰钟离春娘娘），被珠江电影制片厂拍摄成广东汉剧首部戏曲艺术电影（陶金执导）。

对这部影片，黄桂珠认真琢磨，说自己以前没演过这样一个古代女英雄，现在不但要塑造她，而且要塑造好，搬上银幕，与千千万万的观众见面，使观众从影片的欣赏中受到感染，加深爱憎。一想到这些，她就感到责任重大，但想到这是光荣的任务，是广东汉剧发展的标志，加之她十分喜爱钟离春这样的人物，因此她反复地对主题、戏剧矛盾、人物性格进行研究，又在导演的细心辅导下，进入角色创作。

她认为，钟离春是个具有较高政见，又能够冲锋陷阵、调兵遣将的统帅。她的形体动作的特点应该是：英伟而又稳重，洒脱而又沉着，正如古书讲的静若处子，动如脱兔。在唱腔上，要唱出七载含冤，不改其志，大敌当前，夜不能眠，国难私仇……是恨（恨齐宣王），是爱（爱受苦百姓），是忍（忍辱负重，等待时机），又是悲愤的复杂心情，这些都要一下倾泻出来……所以，她在这里使用了又刚又柔转上又转下的花腔，力求把钟离春那种恨、爱、忍、怨的情感洪流，融于一句花腔中，接着就舞起剑来。

通过这次拍摄影片，黄桂珠更进一步体会到继承、发展传统的问题，如唱腔，它的变化和灵活运用，必须深刻地探讨人物性格和唱词。抓住了人物在特定环境中应有的感情，融化在唱腔里，才能够把人物形象突出表现出来。

看过《齐王求将》的观众表示，黄桂珠饰演的钟离春，沉稳端庄，威武大气。对齐王又嗔又怜，细微处感情分寸拿捏得当。嗓音清丽明亮，演唱极富韵味，收放自如，余音绕梁，耐人寻味。

“文革”时期，她也毫不例外地受到不应有的冲击，批斗之余，被罚养猪、劳役。她坦然地说：“我相信党和群众，冤屈一定会搞个水落石出。自杀既不能澄清问题，又要连累家人，我才不自杀呢！”平反之后，她调到戏剧学校任副校长，依旧精神抖擞地投入教学工作，体现了共产党员全心全意为人民服务的高尚情操和坦荡胸怀。

1978年3月，在中央和省、市主要领导和相关部门的关怀重视下，饱受“十年浩劫”的广东汉剧院重新挂牌成立。黄桂珠闻讯喜极而泣，与舞台姐妹们奔走相告，为剧院恢复传统戏创作出谋划策。那时她已是年逾花甲，早就办理退休离开了岗位。但剧种需要她，舞台需要她，后辈的成长更离不开她。因此，广东汉剧院从20世纪70年代末开始，一直聘请她为艺术顾问，梅州戏剧学校也聘请她担任副校长。同时，她还担任省剧协副主席、梅县地区政协副主席和文联副主席等职务。传承优秀传统文化、扶掖艺术后辈几乎成了黄桂珠晚年生活的全部。

黄桂珠退休之后，每当有领导干部去看望她时，她总是为汉剧目前的困境大力呼吁，吁请领导关心广东汉剧的发展，关心艺人生活境况的改善。

对晚年的黄桂珠，戏剧理论家、中国剧协广东分会原主席李门曾有《牡丹好（调寄忆江南）——赠黄桂珠同志》一词相寄，很好地说出了她晚年的状况：

牡丹好，南国咏初春。一代青衣犹未老，满园桃李正芳芬。喜煞看花人！

纵观黄桂珠的艺术人生，可以看出——

她刚柔相济、独树一帜，自创脍炙人口的“吉派”艺术，曾在广东汉剧经典剧目《百里奚认妻》《齐王求将》《打洞结拜》《贵妃醉酒》《昭君出塞》《林昭德》《孟姜女》《西施》等100多个剧目中饰演主要角色；

她不随世俗、洁身自爱，出淤泥而不染，濯清涟而不妖，敢与日寇和邪恶势力做斗争；

她德艺双馨、后人师表，把毕生心血和精力奉献给了广东汉剧事业，培养造就了梁素珍、李仙花、杨秀微、陈小平、李焕霞、黄丽华、管乐莹等五代汉剧传人。

汉剧成就了她，她也推动汉剧向前发展。正是因为有黄桂珠这样的艺术家，才有了今天我们看到的承接着传统又包含着新鲜血液的广东汉剧艺术。

（张晋琼）

专家点评

甜润绝世的“吉派”艺术

吴善忠（梅州市剧协原副主席、广东汉剧院艺术研究室原主任）

黄桂珠的嗓音被田汉誉为“能高能低，甜润绝世”。她的唱腔古朴典雅、凄美婉约、刚柔相济，表演张弛有度、美妙绝伦。她独树一帜的艺术风格，成为脍炙人口的“吉派”艺术。黄桂珠所取得的艺术成就和社会影响，超越了广东汉剧史上所有的旦角演员。她为广东汉剧事业做出的贡献，永载广东戏曲史册。黄桂珠把毕生心血倾注于广东汉剧事业，在艰苦年代承上启下继往开来，既是传统艺术的继承者，又是推陈出新的改革者。她是广东汉剧乃至中国戏剧界的骄傲，一代名伶，德艺双馨，后人师表，艺苑流芳。借此缅怀，不仅为了纪念，而是为让广东汉剧后辈更好地学习传承、发扬光大，并祈望“南国牡丹”更添姿彩！

下面谈谈我对黄桂珠获“甜润绝世”唱功美誉后的联想。

一、“甜润绝世”一词的出处。对黄桂珠“甜润绝世”唱功这么高的评价，是20世纪50年代广东汉剧进京汇报演出，即将离京前，由时任中国剧协主席田汉于1957年5月30日题诗，发表于1957年6月1日出版的《人民日报》上，标题为《送广东潮琼汉三剧团》，在一首小标题为《汉剧》的诗中，诗人感叹：“罢舞七年黄桂珠，不将衫扇媚东胡。琶声激越穿云汉，琴语低徊泣鹧鸪。百里紫衣能认妇，兰贞红泪且盘夫。年来汉戏流纤巧，古调应弹向楚都。”然后诗人加了四条注释，第一条就提到：“黄桂珠系广东汉剧名旦，嗓音能高能低，甜润绝世。在日帝侵陷潮汕时，罢演归农达七年之久，解放后才重上舞台。”这就是“甜润绝世”一词的出处。

二、黄桂珠“甜润绝世”唱功的具体表现。除田汉所说黄桂珠“嗓音能高能低”外，我认为黄桂珠的唱功还有以下特点：1. 字正腔圆，音质纯厚；2. 富含传统汉剧韵味，韵味独特；3. 声情并茂，以情带声；4. 与乐师配合默契、和谐，并能深入研磨剧本角色情绪，在此基础上变革唱腔、出新唱腔，自成“吉派”艺术风格。我对黄桂珠演出的剧目印象，略举几例：她饰演《百里奚认妻》中的杜氏，唱来哀婉痛绝、真挚感人；饰演《秦香莲》中的秦香莲，朴实仁厚，脉络层次分明；饰演《打洞结拜》中的赵京娘，唱腔复杂多变，表现纤细文秀；饰演《红书宝剑》中的徐月娘，女扮男装，飘逸潇洒；饰演《齐王求将》中的钟离春，一曲《冰轮皎皎》几多寸断柔肠。经黄桂珠参与改革发展的广东汉剧优秀唱腔艺术，体现了她对音色的控制自如和高低能就的娴熟技巧，达到了炉火纯青的境地。

匠心赏析

▲ 《百里奚认妻》

梁素珍（广东汉剧表演艺术家）

《百里奚认妻》在“吉派”艺术宝库中的确是经典中之经典。戏中《思夫》《叹沦落》二首唱段在她唱来真是声情并茂、丝丝入扣、醉人心扉。经她首唱的这些唱段，已成闽粤汉剧青衣旦行中传唱、爱唱的经典，历经岁月的筛选，在汉剧舞台上仍然闪耀着光华。

郭秉箴（戏剧理论家）

汉剧《百里奚认妻》……这折戏所以能够经年传唱，获得一致好评，主要是靠黄桂珠、黄彝传两位老艺人韵味缠绵的演唱。……黄桂珠扮演的杜氏，唱功更为繁重，这个戏充分显示了她的歌唱才能。前一段《思夫》，是以皮黄为基础与民间曲调糅合起来的小曲，后段《叹沦落》还带有某些昆曲味道，特别是后者调门很高，唱来音色秀美，哀怨凄婉，最高处唱到C调的5音，但运转自如（据说在她年轻时期，嗓子翻高到A调的5音也很平常）。但是有好嗓子还须有技巧，像《叹沦落》一曲，几乎都是顶着板唱，没有过门，有也只有三两拍的间隙，她却能若有若无地使用气口而不露痕迹，唱得非常嘹亮婉转、朴质淳厚，而不追求形式上的花招纤巧。吐字清晰，更是一个优秀戏曲演员必须具备的条件。黄桂珠同志这方面的成就也是可贵的，她善于在曲词的关键地方使用反切音，如“且高歌，更含泪”一句唱到“泪”字时，把它切成三个音段，使声音送得更远，使人听来更觉得真切，更感动。剧中唱词由于情绪变化，节奏也有很大的变化跌宕，极慢的如《叹沦落》一曲的开头，极快的如百里奚向她盘问根底时的几段快三眼，她都掌握得很恰当贴切。加上具有古代民歌风格的曲词，更使演员的好唱功生色不少，每每唱到“似有缘，似无缘，咫尺天涯远”“诉不尽凄酸楚，弹也弹不开”诸句，常常引人落泪。

罗振标：

挽袖震足卷风浪

把枪划地描心谱

罗振标（1916—1994），广东海丰人，海丰县原西秦戏剧团演员，海丰县第二届人大代表，县政协首届委员。1931年，罗振标投身田墘新华轩西秦曲班学艺，师从名乌衫松旦。三年后，罗振标再拜名师何玉，工武生兼学文生。罗振标二十开外出师，相继在一些老牌名班担纲。1950年，罗振标受聘任海丰县人民歌剧团导演，并当选为海丰县剧员工会主任。1956年，罗振标出任庆寿年剧团副团长，主管艺术业务。一年后，罗振标参加文化部第三届戏曲演员讲习会进修，在表演艺术上更加精进。

罗振标从艺以来演文生、武生、老生，塑造了许多英雄人物形象。晚年的罗振标以老生戏的表演著称，年逾古稀仍坚持培养后生，抢救、保护濒危剧种。罗振标对人物形象精准的把握、活灵活现的表演为观众留下许多美好的回忆，受到戏剧艺术界的好评。

艺术观

◎**老老实实做人，认认真真演戏。**

——罗振标

创作之路

罗振标是西秦戏的著名演员，师承何玉及罗宗满。15岁时拜在师父罗宗满门下，开始学艺之路，曾先后跟随三位师父，学习表演。从文武生到老生，罗振标用尽一生，在西秦戏的舞台上演绎角色，也演绎自己的人生。戏曲的道路崎岖不平，演好每一个角色是戏曲演员的职责，《斩郑恩》《罗成夺元》《徐棠打李凤》《赵宠写状》《崔子弑齐君》《辕门罪子》，罗振标将自己的每一个角色都尽力展现好，为观众留下许多美丽的回忆。罗振标多次参加各地会演，都获得观众的肯定与同行的赞赏。他带领剧团到广州、香港表演西秦戏，将中国传统戏剧文化传播到祖国的更多土地上。

罗振标在戏曲艺术上卓有成就，同时在维系剧团生存方面也做出重要贡献。一生演绎西秦戏各种角色，罗振标对这个陪伴他人生大部分时光的伙伴有着深厚的感情，将传承与发扬西秦戏作为自己的毕生职责。罗振标曾担任庆寿年剧团副团长，多次将濒临解散的剧团重新组织起来，与剧团同仁招收弟子，培养继承西秦戏的后备人才。74岁高龄时仍不忘剧种传承，可谓深深爱着这位人生的伙伴。

罗振标生前曾任广东省戏剧家协会艺术研究委员会委员、广东省第二次文代会代表、东江文联委员、汕头文联委员、海丰县第二届人大代表和第一届政协委员、西秦戏剧团副团长和顾问，为地方剧种的传承与发展尽毕生精力。

许多年过去了，曾经一起表演，一同组织剧组的好友在提到已故的罗振标时，都无比怀念那段虽艰辛却快乐的时光，怀念罗振标精湛的表演技艺和优良的处事风范。

投身演艺事业

1916年9月10日，罗振标出生于海丰县田墘镇的一户贫苦农家。从1931年投身田墘新华轩西秦曲班学艺开始，罗振标就踏上了传承戏曲演艺的道路。当时年方15岁的罗振标跟随师父名乌衫松旦学艺，几年后再拜名师何玉。年少的他跟随师父，学习中国传统戏曲之一——西秦戏。明代时西北地区的秦腔流入汕尾市，与当地民间艺术结合，至清初形成了广东汕尾地方戏，称作西秦戏。西秦戏又名乱弹戏，用海丰官话演唱，属板式变化体声腔系统。到20世纪30年代，西秦戏在如火如荼的海陆丰农民运动中受到保护，得到发展，罗振标正是在这个时期投身西秦戏学习的。

16岁时，罗振标所在的曲班并入新荣华西秦戏班，1934年时又入顺泰源

《斩郑恩》剧照

大戏班。学习期间，罗振标专攻武生，兼学文生。在这段时光里，罗振标将自己的青葱岁月奉献给西秦戏，师父的教诲也让罗振标受益良多。演好一个角色需要灵感，而刻苦的练习与钻研是获得灵感的必经之路，罗振标为了能达到上台演出的标准，每日与练功为伴，谨听师父的批评训诫。

出师后，二十开外的罗振标开启了登台演艺之路，他相继在顺太平、老顺泰源、新顺泰源、庆寿年、福寿年等老牌名班担纲，主演文生和武生。罗振标登台演出为观众带来精彩的演绎，年纪轻轻便成名，深受观众喜爱，观众昵称他为“标仔”。

抗日战争时期，战火肆虐，海陆丰两度沦陷，日本侵略军颇忌表演粗犷、情绪激昂的西秦戏。当时西秦戏偶有演出，大多数时候遭到禁演。西秦戏的危机前所未有，许多戏班子散伙，每况愈下。在这样纷乱的年代里，罗振标没有放弃表演西秦戏，他跟随仅存的庆寿年班继续登台。

新中国成立后，罗振标担任海丰县文化室属下的海丰县人民歌剧团的导演。于1950年同师兄弟周汉孙等先后率领重新组织的庆寿年剧团赴广州、香港演出，传播渐渐复苏的西秦戏。1957年，罗振标为了进一步提升自己的演艺水平，参加文化部第三届戏曲演员讲习会进修，表演技艺更上一层楼。1960年3月，海丰县西秦戏剧团参加汕头地区戏曲艺术汇演，《徐棠打李凤》获得优秀剧目奖，出演徐棠的罗振标获优秀演员奖。在1988年录制的音响资料中，罗振标演唱曲目《剪郭槐•殿奏》中的宋仁宗，他的演唱节奏严谨，驾驭自如，具有自己的特点。

罗振标在舞台上塑造了许多英雄角色，如《罗成夺元》中的罗成、《徐棠打李凤》中的徐棠、《胡惠乾打擂》中的胡惠乾、《崔子弑齐君》中的崔杼，罗振标将自己的英雄天性运用到角色的演绎中，将角色的性格特征、心理状态展现得淋漓尽致，活灵活现的表演让观众拍手叫绝。

晚年的罗振标跨入老生行当。在他的诸多老生戏中，《辕门罪子》中的杨延昭最受观众喜爱，行家们更是对罗振标的表演表示赞叹，称赞罗振标的演绎深重沉稳，令人叫绝。1991年，75岁高龄的罗振标应邀跟随城区西秦戏剧团前往香港，为香港同胞演出，让他们再一次感受西秦戏的魅力，重睹

罗振标表演照

“标仔”的艺术风采。随后，罗振标领衔进京参加首届中国民族文化博览会演出，受到好评。

罗振标一生投身于西秦戏的学习与演绎，青年时的文武生，晚年的老生，罗振标从未放弃戏曲表演。同为西秦戏顶梁柱的唐托“唐师傅”欣赏了罗振标的表演后也毫不掩饰自己的赞赏：“老艺术家，真是无懈可击！”

经历了时代的变迁与时间的考验，罗振标始终将自己与西秦戏紧紧联系在一起，为西秦戏的传承奉献出自己的毕生。

参与剧团建设

西秦戏作为广东省汕尾市三大稀有剧种之一，是中国博大精深的传统文化中不可或缺的一部分。罗振标从15岁的年少学徒逐渐成为戏班的中流砥柱，也逐渐对西秦戏有了越来越深的感情。新中国成立后，罗振标担任海丰县文化室属下的海丰县人民歌剧团的导演，将自己的演艺经验用在更广阔的舞台上，为观众呈现出更多精彩的舞台表演。随后罗振标当选为海丰县剧员工会主任，为活跃当年海丰群众文化生活和服务清匪反霸等政治运动，他主持移植上演《九件衣》《黄泥岗》《仇深似海》等西秦戏，别开生面、引人入胜的剧情，受到各界人士的欢迎和好评。新中国成立初期，国家重视文化发展，1950年，地方政府将流散的艺人召集在一起重新组织戏班，罗振标帮助重新组织抗日战争以来被打击得支离破碎的庆寿年剧团，招收演员，为重振西秦戏而努力。1952年，因土地改革的开展，剧团又被迫解散，艺人们不得不回乡务农。一年后，省文化厅希望重建庆寿年剧团，罗振标再次参与到剧团的重建中。

1956年，庆寿年剧团接受政府登记之后，更名为海丰县西秦戏剧团，罗振标出任副团长，主管艺术业务。“文革”十年，传统文化遭到打击，西秦戏剧团再次遭受重创，被迫解散。1978年，罗振标在获得平反后，参与重建西秦戏剧团并任副团长。随着时代的发展，传统文化需要适应时代的变迁，1988年，海丰县西秦戏剧团走向滑坡，剧团面临改革的挑战，已经退休的罗振标拥护改革，认为剧团该跟随时代的步伐推进创新，他受聘担任顾问，一边演戏一边教徒，对剧团稳定起到至关重要的作用。

20世纪西秦戏经历大大小小许多次风波挫折，几度面临重大的危机。罗振标作为西秦戏的领衔人物，一直肩负着保护西秦戏的责任。在危机面前，罗振标没有辜负自己的职责和内心，与师兄弟携手共进，带领戏班坚持演绎西秦戏，促进西秦戏的传承、发展与创新。

坚守内心信念

罗振标在戏曲演艺上取得了一定成就，是受人敬仰的艺术家，但罗振标谦虚恭敬，从不夸夸其谈，妄自尊大。

十年“文革”浩劫，罗振标受到很大打击，被扣上“反动艺术权威的帽子”，并被造反派多次批斗，最终被遣回田墘老家务农。在此期间，罗振标坚守自己的本心，坚定追求公正的信念，终于在1978年获得平反，恢复了名誉。昔日的老领导们复出，响应中央号召恢复地方剧种，罗振标在老领导的动员下重新回到自己的岗位上，重建海丰县西秦戏剧团，继续为西秦戏的发展做贡献。历经多次冲击的罗振标始终坚持独立思考，保持沉默，坚守信念，面对他人的迫害，罗振标从不见风使舵、拉帮结派，也决不搞阴谋诡计，不对他人落井下石，不陷害同志，表现出一身正气。

罗振标一生坚持艰苦朴素的生活，粗茶淡饭，衣着简朴，知足常乐。晚年的罗振标儿孙绕膝，四世同堂，福寿康宁。但罗振标坚守简朴生活的信念，从不让家人为自己祝寿，也反对子孙“做生日”，从不将钱财放在他认为不必要的地方。而对于公益事业，罗振标却慷慨解囊。即便在医院治疗期间，身体每况愈下之时，还向正在筹建的海丰公学捐款，为故乡的文教建设贡献一份力量。

罗振标爱国敬业，谦逊低调，严格要求自己，坚持做一个刚正不阿、坚守本心的人。

传承传统剧种

罗振标一生奉献给西秦戏的传承与发展，年轻时刻苦学艺，到年老时着重建设剧团和收徒授艺，培养出一批热爱西秦戏、能当大任的新一代传承人。

1956年至1963年上半年，文化部门非常重视传统戏曲的挖掘、整理和继承，重视西秦戏艺人的传帮带，鼓励年轻演员向老艺人拜师学艺。罗振标早在这之前就开始收徒，他将自己毕生所学的表演技艺毫无保留地教授给自己的徒弟，希望通过自己的讲授，能让热爱西秦戏的年轻一代真正掌握西秦戏艺术的表演方法，使新一代传承人发展出自己的艺术风格，对西秦戏产生新的认识，更好地将这项中国传统剧种传承下去。西秦戏名演员张秀珍曾拜在罗振标门下学习花旦，在罗振标的传授下，张秀珍勤学苦练，形成了自己的表演风格。登台演出时，张秀珍的唱腔具有西秦戏的武旦气质和传统风格，表演亦有所创新，舞台效果极佳。

罗振标年逾古稀时仍不忘西秦戏的传承。当看到西秦戏后继乏人，已74岁高龄的罗振标为了尽自己最后的努力，毅然招收后生有志的青年演员吕维平为关门弟子，悉心培养。如今，吕维平成为颇具名气的老生，并担任剧团的团长，带领一班人为抢救、保护濒危剧种西秦戏拼搏。吕维平在回忆师父时说道，那时年轻的自己按老规矩跪在罗振标师父前，师父端起茶杯，语重心长地说了一句："老老实实做人，认认真真演戏。"恩师罗振标的教诲，成为吕维平修身、处世、立业、成家的人生格言。此后，他在师父的悉心指导下，艺术上有了长足的进步，在舞台上无论扮演什么角色，都能做到挥洒自如，声情并茂，同时在传统表演艺术的继承中大胆创新、自成一格。

罗振标一生为西秦戏的传承与发展尽心尽力，时刻牵挂着这项传统剧种的发扬光大。

（郑悦欣）

专家
点评

德艺双馨罗振标

吕匹（西秦戏演员）

秉持严谨态度

从文武生到老生，罗振标对于自己演出的每一个角色都秉持着严谨对待的态度。对于每一部戏的每一个角色，罗振标都用心品味，尽力让角色与情节的总体推进、人物的性格特征、角色的心理状态相贴近。自15岁拜在师父名乌衫松旦门下学艺，罗振标开始了他的演艺之路。出师后，罗振标在戏剧舞台上主演文生和武生。戏曲表演讲求演员的神情、身段、动作、唱腔，罗振标将练功时期积累的本领用在表演上，对每一次舞台演绎都尽力做到最好。“世界上怕就怕‘认真’二字。”罗老对待戏曲的严谨让他得以将每一个角色演绎到位，且富有自己的特点。罗老塑造英雄人物，表演武生间的武斗场景时，那魁梧的身段、灵活的动作和高超的武功，真叫人挪不开眼。

随着年龄的增长，罗老又转而表演老生。跨入另一门行当的罗老不改严谨态度。记得当年罗老出演《辕门罪子》中的杨延昭，舞台下的观众连连喝彩，演出过后，观众仍长久地回味，不断赞叹，足见严谨的罗老带来的强大的舞台感染力。

坚持建设剧团

抗日战争时期，战火燃烧祖国大地，许多西秦戏班被迫解散。新中国成立后，罗振标出任海丰县人民歌剧团导演，后来又任庆寿年剧团副团长。庆寿年剧团在土地改革时解散，又在“文革”时遭到重创，罗振标始终没有放弃建设剧团，在土改和“文革”结束后，肩负重建剧团的重任，与剧团组织者一同重建剧团，广纳后生。

面对传统戏曲逐渐凋零的困境，罗老希望通过努力使西秦戏艺术绵延不断，西秦戏表演后继有人。为了自己深爱一生的艺术，罗老一直坚持着。

保持正派作风

当年青年后生吕维平拜罗老为师时，罗老已74岁高龄，他对徒弟说：“老老实实做人，认认真真演戏。”这句话看似简单，却需要用一生去实践。“文革”时，许多艺人回乡改造，罗老也是其中之一。他在家乡田墘做农活，安守本分，始终保持自己的正派作风，从不拉帮结派，见风使舵，罗老相信自己终会得到平反昭雪。

赏析 匠心

▲ 《斩郑恩》（西秦戏传统剧目）

刘红娟（西秦戏研究学者）

罗振标在《斩郑恩》中饰演高怀德，展现武生的一种功架表演——企公仔架。在戏曲《斩郑恩》中，赵匡胤被韩妃挑唆，将郑恩灌醉，并斩杀。郑恩的夫人陶三春得知消息后围攻五风楼，要杀赵匡胤。高怀德也深为郑恩打抱不平，听到陶三春在五风楼下围攻的消息，急急出场，登上五风楼，假意要给赵匡胤保驾，实是暗中支持陶三春。台下陶三春带着女兵高声喊杀，群情激愤。赵匡胤站在五风楼上，既惊又怕，不知如何是好。罗振标饰演高怀德，站在赵匡胤旁边仿效雄鹰的动作，右脚单腿站立，左脚屈起内侧上收，双手伸出做双翼状左右翻飞，双目炯炯，犹如雄鹰在高空盘旋俯视。直至陶三春迫使韩妃下楼并将其处死。前辈艺人罗振标善演此技，在戏台上翻腾回旋，英姿飒爽，展现西秦戏特有的身段和表演技艺，给观众带来深深的震撼。

▲　《辕门罪子》（西秦戏传统剧目）

吕匹（西秦戏演员）

《辕门罪子》中，最集中的戏在《下山》一折：杨延昭绑子宗保在辕门外候斩，穆桂英携降龙木风风火火下山归降搭救丈夫宗保。这时候，饰杨延昭的罗振标，着力刻画人物的内心感情，举手投足，深沉稳重，唱曲道白，有板有眼，在锣鼓乐的配合下，准确地拉紧“冤家”兼“翁媳”这支弦，倾全身心调动老生艺术手段，主导着“媳妇”张秀珍一同入戏；孟良、焦赞为救宗保，从中奚落、斡旋，终使延昭慑于桂英武艺，接受降龙木，饶了宗保。罗老这一连串细腻表演，成功地把一个堂堂杨家大将羞与怒、憎与怨的复杂心境，渲染得淋漓尽致，入木三分，深受观众赞许。连素以演老生著称的唐托师傅，看了罗老所扮演的杨延昭，也啧啧称道：“真是无懈可击！”

唐涤生：

一生痴戏赋雅调
百年传唱话鬼才

唐涤生（1917—1959），广东中山唐家（今珠海市香洲区唐家湾镇）人，粤剧编剧家，在行内有『粤剧鬼才』之称。1938年，唐涤生在香港加入名伶薛觉先任班主的觉先声剧团，不久后写成第一部粤剧作品《汇城解语花》。

唐涤生曾与薛觉先十妹薛觉清结为夫妇，不到三年后离异，后于1942年与擅长舞蹈的京剧名伶郑孟霞再婚。后者对于他编剧方面启迪良多，如将京剧及舞蹈元素加入粤剧中。抗战胜利后，唐涤生曾先后为光华剧团、先声剧团及诸多粤剧演员编剧，创作了《白杨红泪》《一枝红艳露凝香》等名剧。1956年，唐涤生于任剑辉、白雪仙等人组成的仙凤鸣剧团中任编剧。1959年9月14日，唐涤生在观看仙凤鸣剧团上演《再世红梅记》时突发脑溢血，翌日凌晨不治逝世，年仅42岁。

艺术观

◎粤剧是一个很好的移风易俗，作社会教育的艺术形式……保护粤剧的优良传统，并使之发扬，是粤剧工作者的责任。

◎在现在这个时代，粤剧圈中那些落伍的已经成为陋习的东西，是应该扬弃的。

◎我竭尽能力与技术去把它搬上舞台，我希望能保持原著的精神和本来面目。

——唐涤生

创作之路

初闻大道，始露锋芒

唐涤生的创作道路是颇为平坦的。1937年抗日战争全面爆发，尚在家乡中山读书的他参加了学校的抗战宣传队，编写了话剧《渔火》，受到广泛好评，是其第一次剧本创作尝试。次年秋，粤剧名伶薛觉先、唐雪卿（又名唐雪清，是唐涤生的堂姐）夫妇回乡探亲，邀唐涤生加入觉先声剧团，唐涤生欣然答应，从此开始了他的编剧生涯。

20世纪30年代末至40年代初是唐涤生创作的积累和探索时期，作品在模仿中亦有所创新。这一时期，唐涤生一直在觉先声剧团，起先只是充当编剧家冯志芬的助手，协助其抄写曲本，后拜在著名粤剧编剧家南海十三郎（江誉谬）门下，学习粤剧编剧手法。

由于唐涤生本是京剧票友，加之在名师门下努力学习，他很快掌握了编写粤剧的窍门，1943年便为新时代、义擎天等粤剧团编写粤剧逾20部，如《花落又逢君》《龙楼凤血》等等。抗战胜利后，他又为名伶薛觉先、芳艳芬等人编写出了《汉武帝梦会卫夫人》《梁祝恨史》等颇具影响力的剧本，还为前进、双雄等剧团编剧。不过，他早期编写的粤剧剧本，艺术价值并不高，有学者认为这是因为他“跟从当时的粤剧潮流，不但向西方好莱坞电影学习，更把媚俗的悬疑与煽情手法，奉为不二法门”。除了受好莱坞电影的影响，票房的压力和彼时观众审美能力的低下也使尚在改革阶段的香港粤剧取材狭隘，因此他此时的作品，虽多因为主人公情感世界细致深沉、情节婉转催人泪下而获得观众喜爱，但也由于强求曲折而造成了不少剧情矛盾。

他的早期剧作在舞台布景方面有好莱坞电影和话剧、舞剧的痕迹。20世纪30年代初，好莱坞电影大量涌入中国，成为古典舞台艺术如戏剧的强劲竞争对手，使香港的诸多粤剧艺人开始向粤剧电影寻求出路。唐涤生也受其影响，追求利落的分场，利用舞台的新装置，试图突破实景限制，但“这亦进一步要求他必须按照话剧的方法分场，因而失去戏曲写意艺术的特点”。他还在电影上有所成就，于1939年写成首部电影作品《大地晨钟》，其后也多次主动将自己的剧本搬上银幕，并在摄影、编剧、导演、演出、制片等方面都有涉猎。

在觉先声剧团中从师冯志芬、南海十三郎，奠定了唐涤生在古文学方面扎实做戏的基本思路，而1942年与名伶郑孟霞结为夫妻后，他的视野再一次拓宽。郑孟霞多才多艺，不仅是颇有名气的京剧青衣，还精通舞蹈，给予唐涤生艺术上的启迪。

倚马之才，妙笔生花

20世纪50年代初以后，唐涤生的作品渐趋成熟。尤其是1956年至逝世这一阶段，是他的辉煌时期，在演员、观众、舞台，以及宾白、音乐等方面，唐涤生都进行了深入的探索实践和独具特色的创新，取得了很好的艺术效果。

第一，唐涤生改变了20世纪20年代开始形成并一度成为规范的“六柱式”的思路，不再执着于将唱词均分给文武生，而是擅长按照演员的名声和自身性格来安排其在剧中的角色，体现出独特的“因人写戏”的特点。如任剑辉出身武生行当而风格刚烈，于是唐涤生便为其分配了痴情之外更有癫狂和愤恨情绪的角色蜀帝王宗衍；同样擅演青年男角的何非凡在演出时颇有幽怨之色，唐涤生便为他塑造“情僧”形象。又如粤剧编剧家叶绍德评析《紫钗记》时所谈到的，“如果由芳艳芬来演，就不能演得太刚，就要用另一个方法来写。但因为白雪仙够刚强，可以跟卢太尉拼命，所以唐涤生写剧本的

《牡丹亭·惊梦》剧照

时候就依照了她的性格来写”。

事实上，这种“因人写戏”的本领基于唐涤生对于各剧团情况的熟知。正是因为对主演者的行当、演唱条件、表演特色、艺术爱好等都了如指掌，他才能够扬长避短，选材编戏。

第二，唐涤生追求唱词的古雅和优美。他的剧本多以古代男女的爱情故事为主要选材，并擅长用华美的文辞，尤其擅用对仗、联语等，以此展现浓烈的情感。由于师承冯志芬、南海十三郎等人，唐涤生也将其雅化的写作手法传习下来。他还向中国古典戏曲撷取素材，尤其佩服汤显祖。他曾对汤氏作品中感情真挚而风格优美的词发出赞叹：“这样有血有泪的词，纵使是铁石心肠，念他二三十遍，一有感悟，便会泪凝于睫。”他还将《牡丹亭》《紫钗记》等进行改编，搬上粤剧舞台。其中唐氏《牡丹亭·惊梦》中有著名的唱段：

艳质有几分，不付与逝水年华断篇零卷，羞下牡丹亭，转入花间路，芳心留不住，细碎小金莲。

这便是对于汤显祖原作“则为你如花美眷，似水流年，是答儿闲寻遍，在幽闺自怜”的沿袭和再创作。

除了袭用古人流传下的语句，他也主动创作雅化文字，多用“口古”，即有韵口白，并参照近体诗的格式节奏，使句子更加整齐，富有韵律感，如《西楼错梦》中的一段唱词：

忍见杨柳娇逢狂风折，叠桐旋地浪淘天。
忍看风雨葬红颜，究是白发年高心肠软。

这种唱词并非完全古语，但唐涤生将戏剧中人的行为、心理活动等等都写作古白，让唱词唇齿留香，提高了作品的艺术性。

第三，唐涤生的艺术表现手法十分多样，尤其注重戏曲与舞台的结合。由于参加过话剧工作，又在电影界做过编导，唐涤生对于舞台十分熟悉。

与电影的镜头变化不同，传统的舞台表演艺术利用舞台这一空间，将演员的创作与观众的赏析放在同一时空中。在观演得以互动交流的条件下，剧场气氛显得十分重要。此外，舞台艺术是整体的艺术。唐涤生曾向粤剧界呼吁：“同其他的舞台艺术一样，粤剧也是一种综合艺术，它要和各个类别的艺术结合起来，才能达到其艺术的完整境地。”他的作品通常对于舞台的整体布景做出详尽的叙述，以舞美调动剧场整体氛围，在重视传统的艺术表现手法的同时，广泛借鉴吸收，进行创新。

20世纪50年代，粤剧因大量引入西洋乐器、歌曲等元素而过度追求新异，在相当程度上脱离艺术的轨道。唐涤生又对粤剧一味追求新异的倾向提出了反对观点，强调舞台创新应与作品的内容、风格等相配合。在唐涤生的剧作中，他通过对舞台布景进行详细叙述，为自己的观点做了极佳的注脚，如在《牡丹亭•惊梦》第四场《幽媾》中，唐涤生对于布景做出了这样的说明：

……用平台布西轩小楼，内景连台口小苑侧面立体门及窗，门外回廊曲折，什边矮墙及辕门口，和用芭蕉与竹树托出阴森气象，帮助鬼神的飘忽。

为营造出幽魂再现的缥缈画面，唐涤生特地强调了“芭蕉与竹树”。而

唐涤生与郑孟霞

在《帝女花》第三场《乞尸》的布景中，唐涤生对于小楼的布景提出了指示：

正面近衣边一点布红墙绿瓦之桃苑门口，什边搭高平台布小楼，可上落，小楼与桃苑间有小巷相隔，巷口有大桃花一棵，衣仁边台口俱为曲栏花树，衣边横石台椅摆酒具。

同样是小楼，在不同故事背景下，唐涤生对于布景的要求也不同，具体细致到小巷与回廊、场景中的植物的差别。这样对舞台的色彩、搭配、灯光、音效等进行详细清晰的描述，在当时粤剧界是不多见的。

第四，唐涤生的作品以展现古代男女热烈浪漫的爱情生活为主，对于爱情至上的“情至”观念有着一定的追求，同时在顺应时代潮流，体现新的思想和主题上有很大突破。唐涤生反对将迷信、淫邪的内容放置进粤剧之中，而主张赋予剧本以时代的思想。诸如，他在《牡丹亭》等剧目的改编上，体现了鲜明的反封建观念；在《帝女花》等作品中，又着力渲染了爱国主题；在妇女运动的潮流下，唐涤生为白雪仙等人塑造了霍小玉、李慧娘等具有自尊意识的女性形象，其粤剧改革也大力推动有影响力的旦角领衔的剧目的出现。

以《牡丹亭》的改编为例，在《编写〈牡丹亭·惊梦〉的动机与主题》

中，他坦白地讲：

《牡丹亭》显然是一部反封建的作品，三年复活是人世间不可能的事，作者故意借此一节以完成此明朗的主题而已，……于是作者巧妙地写了回生一节，把杜丽娘又复牵入封建的牢狱里，使激变成一个动人可歌可泣的悲剧，封建思想操纵了丽娘的父亲杜宝，他并不是不相信杜丽娘能复生，但他不能饶恕丽娘复生后少了臂上的宫砂，使杜门失去了镇家之宝。虽然书生得中了头名状元，他也不承认这盖棺时是原璧之身复活后手持破甑之女，甚至，封建时代最大威力的帝主在前，他也不肯屈伏于自由恋爱的新观念之下，这样明朗的主题，能发现在亡清世纪的牡丹亭里，这是我乐于接受改编《牡丹亭·惊梦》的主要缘因和主要动机。

除了对于自由恋爱新观念的诠释，在唐涤生这段自白中，他还为被封建旧名节迫害的女性打抱不平，在包办婚姻仍然存在的当时具有一定的现实意义，体现了他对时代脉搏的把握。

斯人虽逝，余音绕梁

早年，唐涤生在编写离奇曲折的故事和改编中外小说方面产出了大量作品。1954年后，他开始从古典文学中寻求灵感，将明清戏剧及传奇大量改编成粤剧；加入仙凤鸣剧团后，由于任剑辉、白雪仙要求，他开始减少剧本创作，这一时期作品如《牡丹亭·惊梦》《帝女花》等成为他创作上的又一个高峰。20世纪50年代，内地进行“戏改”工作，广州的粤剧改革在剧本、演出等各个方面都进行得如火如荼，获得了较大成效。对于唐涤生在1954年曾赴穗观摩粤剧演出的记载，区文凤、赖伯疆等粤剧研究者的相关论文中均有提及。尽管交流受限，但他亦从中吸取经验，更加重视从改编古典文学名著切入，同时结合香港粤剧的外在条件和民众需求，对于戏作进行新的尝试。他在1955年左右创作的《西厢记》《琵琶记》《西施》等也与广州粤剧同时

任剑辉、白雪仙、唐涤生组成“铁三角”

期曲目多有重叠。

最令人称道的是唐涤生在仙凤鸣剧团的创作经历以及他和剧团主事者任剑辉、白雪仙组成的“铁三角”。任、白二人不仅在数量上对于唐涤生的创作提出了限制要求，对于创作本身也提出了独到的见解，如任剑辉认为《西楼错梦》的“尾场太淡，承不起整出戏”，于是在改的时候“加了唱口”。每次演出后，剧团便会到处征询意见，以集思广益。二人对粤剧艺术的执着、开放的态度和推广粤剧的希望感染着唐涤生。他曾表扬白雪仙“善能创立性格，不要说在粤剧界里难求，求之各地方戏剧界里，也是凤毛麟角，……是一位最有前途的中国女演艺家”，甚至直言，“我热爱着仙凤鸣……我怎能不竭尽其力地替一个有分量的剧团服务”。最终，他也在这期间为这一具有凝聚力的剧团创作出《帝女花》《紫钗记》《牡丹亭·惊梦》《再世红梅记》等一系列脍炙人口的剧作，达到艺术上的高峰。时至今日，“任白唐”的魅力依然不减，唐涤生与任、白的故事被编成舞台剧《剑雪浮生》，大受戏迷欢迎。

第二次世界大战之后的香港粤剧，处于宽松的政治氛围中，恢复和发展十分迅速。但在20世纪50年代，受到经济波动的影响，“市道转淡，有时整个月市区无大戏做，剧团只能到大埔、荃湾、粉岭等乡镇的小戏院演出，甚至在足球场演戏”。在这种环境下，仙凤鸣剧团对于粤剧创作的严格要求尤其是唐涤生精心作词的剧本无疑为香港粤剧注入了一剂强心剂，对于重振香港粤剧起到了很大的积极作用。可惜随着唐涤生的早逝，仙凤鸣剧团解散，香港粤剧又一次跌入低谷。

对于唐涤生逝世的原因，学界有诸多不同的说法。有说是《再世红梅记》立体的布景和真实的演出使在场的唐涤生被自己编排的戏吓到了；也有人称其是因为过度劳累而英年早逝。从客观上看，尽管唐涤生的戏剧生涯只有短暂的22年，但据香港学者余慕云等人的统计，在这22年中，他竟然写出了440多个粤剧剧本和90多部电影剧本。在高强度的创作压力下，他发明了提神的“偏方”——白兰地酒冲咖啡。这种饮料对身体损害极大。他的妻子郑孟霞在他病逝后在《华侨日报》上发表悼文《三虞悼郎》，心酸地说他带病也“无时休养，终日策划奔波，一身数职，过分劳形”。加入仙凤鸣剧团后，尽管创作量相对减少，但仅在1958年一年间，他独自编写的剧本就有十二三部之多，并且对于每一出戏的演员表演、舞台设计、布景摆设、灯光布置、音响效果等都亲力亲为。值得一提的是南海十三郎和唐涤生的关系。据传，唐涤生曾拜师南海十三郎，且二人亦是挚友。在1997年上映的电影《南海十三郎》中，导演杜国威着重描写了二者的师生情谊，并使唐涤生的逝世成为南海十三郎再披“疯人衣”，流落街头至于饿死的重要原因之一，十分具有感染力。香港民间流传这样的一种说法：千万不要成为天才或鬼才，因为天才或鬼才的结局只有两个，一个像粤剧鬼才唐涤生一样早死，一个像他的师父南海十三郎一样疯疯癫癫。从此中也可以看出香港人民对唐涤生的敬爱和对于他早逝的惋惜。

纵观唐涤生的戏剧生涯，能够取得如此高成就的原因，首先在于他对于粤剧赤诚的热爱和勤奋不懈的进取精神。尽管早期迫于生计大量创作导致许多剧本有一定缺陷，但也为他后期的创作积累了经验。此外，不息的创新之心、与人相交合作的坦诚都使他能够博采众长、推陈出新，在艺术上迸发出独特的灵感。

唐涤生的创作生涯是20世纪上半叶香港粤剧发展的浓缩，他和他的作品对香港乃至全国的粤剧影响都是不言而喻的。他的剧本不仅为当时几乎所有粤剧红伶如薛觉先、马师曾、陈锦棠、芳艳芬、红线女、邓碧云、何非凡、麦炳荣、吴君丽、罗艳卿、任剑辉、白雪仙等所爱，更受到粤港澳地区、东南亚国家以及旅居世界各国的粤剧爱好者和研究者的重视。唐涤生曾在自己的作品如《紫钗记》《再世红梅记》中多次谈到"文章有价"，希望通过自己的文章而不是黄金股票让后人记住。事实上，他也确实做到了。他细腻精彩的作品至今影响着世人，成为粤剧的代言和中华艺术中的瑰宝，给予后代美的享受。

（姜清越）

专家点评

唐氏粤剧弥足珍贵

姜清越（剧评人）

在唐涤生的创作生涯中，被公认最具艺术价值的作品几乎都出自加入仙凤鸣剧团之后。黄兆汉有言："唐涤生对粤剧的贡献是在于通过改编元明清的剧本，把这三代的名著搬到粤剧里，使粤剧的艺术性提高，也使剧本本身趋于文学化。"这与有着"戏迷情人"之称的任剑辉和仙凤鸣班主白雪仙的艺术追求是分不开的。正是白雪仙愿意冒着亏损的风险鼓励唐涤生去创作剧本，以求引领观众接受古典名剧，才有了唐涤生对于古典名著的一系列改编。

对于"改编"的艺术价值的认定，一般学者认为应体现在主题、文学手法等方面的再创作上。唐涤生通过研究作品，尤其深入研究了汤显祖的"情至"观后，意识到情节必须依照人物的性格发展。在《牡丹亭·惊梦》的改编中，唐涤生一改往日以跌宕起伏的际遇转变推动情节发展的方式，突出柳、杜二人的情感交流和对于封建压迫的反抗，使故事有声有色。对于之后的文学名著改编，他也更注重以人物性格和现实逻辑来导向情节，如在《琵琶记》中，他放弃了善恶报应可以直接扭转情节的天命观，而让故事按照赵五娘既有的性格取向发展。

此外，唐涤生的改编作品具有一定现实性。他不仅牢牢抓住古典戏剧中的反封建因素、爱国思想并进行发扬，以顺应时代潮流，而且在作品中多有考虑观众的审美爱好和剧本台词与演员的配合。如在《琵琶记》中，他将凌驾于一切之上的“天意”抹去，取而代之的是人性的发扬；再如《六月雪》对于传统“忠孝”观的淡化，将重点放在故事结构的完整性上。但对于一位以写剧本谋生的剧作家来说，在香港粤剧前景并不光明的20世纪50年代，他在创作中也不得不考虑一切现实因素，如将《牡丹亭·惊梦》的前两节缩略，使任剑辉尽早出场以满足观众需要，再如《六月雪》将爱情支线扩大化，也是考虑到观众的口味和喜好。

在语言上，与任、白二人一样，唐涤生追求将曲白雅化，以典雅秀丽的词汇提高观众的欣赏水平。这是仙凤鸣剧团在普遍追求“卖座”的发展环境中，坚守的艺术底线。好在《紫钗记》《西楼错梦》等剧目上演后，收到的反馈较为理想，激励了唐涤生继续创作优美的文字。

从整体来看，唐涤生通过改编古典文学作品进行的再创作，已经属于将经典转化为另一部经典的范畴。无论是从文学价值、社会价值还是对于粤剧的深远影响上来看，唐氏粤剧都是弥足珍贵的。

匠心赏析

▲ 《帝女花》

区文凤（学者）

落花满天蔽月光，借一杯附荐凤台上，帝女花带泪上香，愿丧生回谢爹娘。我偷偷看，偷偷望，佢带泪带泪暗悲伤。我半带惊惶，怕驸马惜鸾凤配，不甘殉爱伴我临泉壤。——《帝女花·香夭》

今天，一曲“落花满天蔽月光”，无论在国内乃至海外华人聚居的地方，到处可以听到。粤剧《帝女花》奠定了唐涤生在剧坛的地位，凭这个粤剧作品，唐涤生屹立于世界上成功的剧作家之林而无愧。

▲　《再世红梅记》

杨智深（香港编剧）

裴禹：画栏风摆竹横斜。如此人间清月夜。愁对萧萧庭院。叠叠层台。黄昏月已上蟾宫。夜来难续桥头梦。飘泊一身。怎分派两重恩爱。不如采笔写新篇。也胜无聊怀旧燕。谁负此相如面目。宋玉身材。

绛仙：念翠谢红衰。滴两行酸泪。偷洒在红梅阁内。……红梅贴近柳生衙。秀才斜倚蕉窗下。揖拜尚带温文。相见谅无妨碍。——《再世红梅记·环佩魂归》

不难发现唐涤生笔触灵活，人物的处境、心情、思想、动态、情致的勾勒，都要比南海十三郎来得丰厚细腻，唐涤生整段唱词甚至没有前者运用的诗词典故多，然而亦不失其典雅气息，那正是人物呈现的优雅谈吐，以及景物的渲染。

郑一标：

一腔热忱半生戏

卌出剧目十年耘

郑一标（1921—2002），广东澄海人，生于泰国曼谷华侨家庭。1941年考入昆明中法大学文史系，后转入国立西南联合大学文学院外国语文系，1942年转读中国文学系。1946年毕业，赴泰国曼谷中华中学任教，曾任泰国华侨艺术家协会戏剧部长，并参与组织侨青歌舞剧社，创办出版影剧综合刊物《影剧春秋》。1949年回国，先后在潮汕文工团、广东潮剧团、广东潮剧院担任导演。1978年后任汕头市政协常委、文联常委、归国华侨联合会副主席等职。

郑一标积极从事潮剧艺术的革新，倡立潮剧导演制度，以导演潮州方言歌剧著名。郑一标努力把新戏剧理论及斯坦尼斯拉夫斯基体系与潮剧传统技巧相结合，在表演、导演体系上有所突破。其中导演剧目30多出，《扫窗会》《闹钗》《杨令婆辩十本》被誉为『百花园中「三块宝石」』。

艺术观

◎导演接到一个剧本，第一步的工作，就是把剧本的每个字、每一句的意思，都要弄明确，绝不能马虎放过。

◎排练场上，导演要抓人物的特色，抓角色的基本色彩，也就是抓人物的性格特点。

◎潮剧解放前是童伶制，教戏先生给童伶排戏，是教戏先生“背”着童伶走，这是不可取的。随着童伶制的废除，导演给演员排戏，应该是给演员指路，“铺路”，让演员自己走路，不能再“背”着演员走了。

——郑一标

创作之路

解放战争时期，潮汕地区各地文工队共有370多人，在20世纪50年代初期潮汕各文工团、队合并成立潮汕文工团，以“改人改戏改制”为中心的潮剧改革也拉开帷幕。潮剧导演制度自1953年被建立，是潮剧改革的产物，对潮剧的艺术发展有深刻影响。彼时一批有文化、有艺术修养的新文艺工作者来到潮剧班参与改革，在这些新文艺工作者中，郑一标的影响尤其深远。

西方的戏剧理论与潮汕地区的传统戏剧，两种艺术被郑一标糅合在一起，发生撞击，激发出灿烂的艺术火花。这位“潮剧的斯坦尼斯拉夫斯基”从戏曲美学观点出发，融合中西戏剧理论，从窠臼中挣脱，从桎梏中解放，打破界限，在实践中锲而不舍地钻研，在演出中不断探索。他用现代的戏剧理论指导艺术实践，又在实践中总结出具有创新意义的潮剧导演理论，直至今天，他赋予潮剧的闪光点仍在熠熠生辉。

郑一标数十年的导演生涯中有剧目30多出，每一出潮剧都经过他的改革和创新，与以往的潮剧大不相同，开创了新的道路与起点。在郑一标30年的投身奋斗中，潮剧艺术也开启了新的篇章，从戏剧的节奏、演员的表演方式、观众的想象空间，到锣鼓音效、布景道具，无一不具有令人称赞的新颖之处。不仅如此，郑一标还将潮剧搬上电影银幕，使其在海内外有广泛的流传。郑一标的导演作品至今还活跃在舞台与银幕上，他的灵魂与血脉亦与潮剧相联结，演员的一颦一笑，戏词的一唱一和，乃至节奏与场景都掺有郑一标的气息与温度。

投身戏剧：艺术殿堂痴心入，救亡戏剧熏陶多

1921年10月21日，在泰国曼谷的一个富裕华侨家庭中，郑一标出生了。郑一标原名郑翊标，曾用名郑茂钦、高长隆、雷震山等，原籍广东省澄海县樟林乡。

1926年，5岁的郑一标回国，进入澄海县第六区第一高级小学学习。14岁时，郑一标回到泰国，在曼谷新民学校、中华中学读初中。全面抗日战争爆发后，郑一标又于1939年到云南省立曲靖中学、保山国立第一华侨中学读高中。

1941年，高中毕业后的郑一标考入昆明中法大学文史系，一个月后即转入国立西南联合大学文学院外国语文系。一年后转读中国文学系。频繁的转读过程也是郑一标不断确立自己目标的过程，他一步步确定自己努力的方向。也正是在当时久负盛名的西南联合大学就读期间，郑一标深受当时救亡戏剧运动的熏陶，对戏剧的认识更深一层，并从此与戏剧结下一生的缘分。郑一标在校期间组织剧社，积极从事戏剧活动，尤其积极参加抗战戏剧活动和“一二•一”学生运动。同时接触袁牧之、洪深、贺孟斧、郑君里等人的表演理论，涉猎波列斯拉夫斯基等外国戏剧理论，后来又精心研读斯坦尼斯拉夫斯基、布莱希特等名家的戏剧理论。他将自己的所爱与救亡联合在一起，为当时的学生运动和抗战活动贡献自己的力量。

1946年，25岁的郑一标大学毕业，赴泰国曼谷中华中学任教，并参加侨社进步戏剧活动。彼时郑一标任泰国华侨艺术家协会戏剧部长，参与领导暹罗华侨青年歌、舞、剧联合委员会（后改名侨青歌舞剧社），创办了影剧综合刊物《影剧春秋》。青年郑一标为戏剧奉献自己，并始终在推动戏剧发展与社会活动中身体力行。

重回故土：一腔热忱行改革，万人空巷观潮剧

1950年，随着革命形势的需要，潮汕地区成立了潮汕文工团。郑一标带着对光明的向往与期许，放弃在泰国优裕的物质生活，一腔热忱回到祖国，参加社会主义建设。郑一标出任潮汕文工团的导演，指导潮州方言歌剧创作。

1951年，为了配合土改运动，潮汕文工团计划将歌剧《赤叶河》改编为潮汕方言歌剧演出，导演任务便落在郑一标身上。

《赤叶河》是一部由现代诗人阮章竞创作的歌剧，故事发生在1932—1934年间，剧情反映老解放区的贫苦农民受地主阶级剥削压迫，在党的领导下斗地主、闹翻身的故事。这出戏积极配合了当时农民革命斗争的需要，在内容上揭露了地主阶级的罪恶，并宣扬农民是土地的主人。郑一标在排这出戏时所作的第一创新点便是采用潮州方言歌剧的形式。潮州方言歌剧既不是潮剧，也不是群众听不懂的歌剧，而是在乐曲上采用潮剧的音乐旋律和潮州民间小调，让群众听得懂的同时觉得十分亲切。这是有别于旧潮剧的艺术创新。因此，《赤叶河》一登台，便是万人空巷的场景，通俗易懂，台词口语化，剧情群众化，很快成为大众喜闻乐见的艺术作品。

郑一标反对文绉绉咬文嚼字，卖弄文墨，他主张观众听得懂才是最起码的要求。所以郑一标在导演这出戏的时候，十分强调的一点便是“观众听得懂”。作为改革着重点之一，他要求整个团队把故事的发生背景设置在潮汕地区，使人情风俗地方化，还要求唱段、台词都尽量口语化，运用群众语言，通俗易懂地表达出来。郑一标认为，“演员的台词应让观众一听就懂，这是演戏最起码的要求”。要观众听得懂，除了口语化之外，还要求形象化。与此同时，他还要求作曲的旋律运用潮州民歌小调，这样观众也熟悉，听起来也顺耳。正因为如此，《赤叶河》的一些唱段才能广泛流传。

1952年，郑一标被调到粤东行署文教处任职，具体推行戏曲改革工作。同年正逢中南区戏曲观摩会演。

1953年，广东省戏曲改革委员会举办“广东戏曲改革工作汇报暨汇报演出”，潮剧参加这次汇报演出的是由六大班遴选出的《扫窗会》《杨令婆辩

十本》《搜楼》和《失印》四个折子戏，并派出代表，组成潮剧代表团。郑一标便是在这次会演中正式踏进潮剧的艺术殿堂并大展身手。

郑一标在观摩演出后就三个潮剧班的《扫窗会》为例，在大会上做了艺术总结，题目是《导演怎样分析剧本》。这是第一次在潮剧界提出了导演要分析剧本，做好案头工作，并以新的观点，提出潮剧导演的职能、任务。这篇艺术总结发言提出许多创见，对之后导演制度的形成、导演职能的确立，起到十分深刻的影响。首先郑一标提出，导演在接到剧本时，第一步工作就是弄懂剧本的每一处字句，并举例《扫窗会》中的台词，表明如果演员不理解台词，将意思会错，那么责任应归在导演身上。其次他提出导演在进入排练场之前，必须找出、找准戏的主题。应将一本戏的每个情节贯穿起来，绘成一图。同时郑一标通过对剧目和舞台表演进行全面观察后，深感要进一步提高潮剧艺术，建立正规导演制度十分必要，有意识地借着会演大会，有针对性地对导演工作进行宣传和倡议，并亲身示范。这篇一万多字的发言，引起了戏曲界的强烈反响。

同年，粤东区戏曲改进会集中艺人和新文艺工作者，对《扫窗会》的剧本进行重新整理，并且重新编排。郑一标导演，翁銮金、姚璇秋主演，参加了广东省戏曲剧目会演，并获得优秀剧目奖。这是一次有意义的艺术实践，郑一标导演的《扫窗会》保留了比较严谨的音乐唱腔和传统的程式化做工，

1961年夏，郑一标参与导演的潮剧电影《荔镜记》在珠江电影制片厂开拍

正确处理了表演中“程式化”与“化程式”、“由表及里”与“由里及表”的关系，使得传统剧目既保留了优秀传统艺术，又以崭新的面貌呈现在观众面前，产生了轰动效应。郑一标通过《扫窗会》的导演，确立了他作为潮剧导演奠基者的地位。

1953年到1956年，郑一标为潮剧导演制度的建立做了大量的工作，撰写了许多学术文章讨论戏剧理论与潮剧导演艺术，是潮剧导演理论建设的基础。郑一标随后导演编排了《张羽煮海》和《两兄弟》，作为示范，不断申明建立正规导演制度的必要性和重要性。在郑一标的倡导下，潮剧班中先后建立起由教戏先生、文化教员和艺人骨干组成的导演组。

黄金十年：中学为体存传统，西学为用创新髓

1956年，广东潮剧团成立，潮剧导演制度也逐渐建立起来。郑一标被任命为广东潮剧团的潮剧导演组组长，此后潮剧进入十年金色的发展期，而郑一标的导演艺术也进入十年黄金期。

同年，郑一标应邀参加正顺剧团传统剧目《陈三五娘》的导演工作，做了一次出色的示范。郑一标认为，舞台艺术形象，归根结蒂还是要依靠演员去创造，导演最根本的责任是给演员的创造指出方向，指明目标。导演并不能给演员灌输理念而是要激发演员的创作热情，引起演员的创作冲动，让演员产生感情，从而才有艺术创造。在排练时，郑一标为了让演员们真切地体会到角色的思想感情，他把陈三五娘相关的故事、传说、歌谣，反复给演员看，讲给演员听。同时他也要求演员每人讲述他们所认识的现实生活中男女争取婚恋自由的故事。郑一标的目的在于让演员自发地感受到人物的性格和情感，使演员心里有自己所扮演的人物角色，缩短演员与角色的距离，让演员走近角色。

除了情感体验，郑一标还十分注重形体动作的设计和选择。郑一标要求演员在表演过程中有不同的表达方式，在多种动作中选择一种最贴合的。有些动作看上去不经意，其实大有来头和讲究。演员的一举一动都要贴合角

色，在舞台上，只有角色而无演员。因此演员的性格、动作、神态都要与角色相仿，不能跳出角色去按自己的性格来表演。这样从观众的眼光出发，才能把演员体验到的情感用一种最富有美感、最具有表现力的形式表演出来。

在《陈三五娘》的排练中，第六场，留伞这场戏，是全剧关键的一场。郑一标在导演这场戏时，非常严格地要求演员掌握人物的内在感情。在五娘与益春争吵的一场戏中，郑一标需要“五娘”在“益春”讲到“当初荔枝就不可乱掷”一句时有一个强烈的身段动作。郑一标在试用过几个动作后都不满意，他另辟蹊径，不再让演员去按台词找情绪，而是按照人物心里的愿望，通过演员表达出来。“益春”提问，“五娘”回答，如此几个来回之后，五娘下意识做出了拍腿的动作。这个动作被郑一标采用，并加以放大、美化、配乐，从而成为舞台表演的一个动作。郑一标采取这种方式，将这种下意识的动作捕捉出来，从设计好的、一板一眼的动作中抽离出来，使得人物的表演更加自然，更能与观众产生共鸣，在观众心里留下深刻的印象。

此外，留伞一段的音乐，郑一标也十分考究。郑一标觉得最开始的音乐不能表达出人物的心情，就与作曲者反复研究，提出许多意见，设计几种方案。司鼓的同志在不耐烦时用大鼓槌敲击了几下鼓边，就在这时，郑一标有了灵感。司鼓人员是坚持传统者，在司鼓人员看来，只有武打场面才能敲大鼓边，不能在这里使用。但郑一标破除了一直以来的俗见，在他看来，五娘彼时上天无路，入地无门，不知所措内心焦虑的心情恰好能借那几声大鼓的噪音来表现，由是，在郑一标的坚持下，终于把那几下边鼓用在了舞台表演中。

从1956年到1966年，郑一标导演的30多部戏中，尤以《陈三五娘》《苏六娘》《辞郎洲》《扫窗会》《杨令婆辩十本》《闹开封》《革命母亲李梨英》等一批剧目，在观众中产生深远的影响。

艺法精淳：多年厚积沉潜心，一时薄发风格显

1972年，地区潮剧团创作排练现代戏《迎风山》，郑一标彼时刚从东山

湖的牛棚里“解放”出来，疾病缠身，他“反动学术权威”的帽子还没有摘掉，但依然参与导演了这出戏。

《迎风山》是通过杉木分配问题，反映国家、集体、个人三者利益矛盾与统一的故事。其中有一场戏是因为杉木分配遭到大家不满，富裕中农李才通上山偷砍，被发现后群众要求队长王继来处理，队长想要息事宁人，群众并不乐意，王继的父亲也多有责骂，他一气之下，辞职不干。大队党支部书记林英在群众纷纷要退场时有一唱段。就这一段，编剧认为此时不该多说，而另一导演始终觉得少了些什么。难题摆在郑一标面前，郑一标听后提出：台词不要加，击乐锣介也不要，这个地方让它停顿，即在群众退场之后，台上一个静场，停顿四拍，他强调，一定要停足四拍，少了不行。剧团采用了这个建议，在正式演出时，所有同志都对这个停顿的处理十分叹服。郑一标这一妙笔实际上是让画面留下了空白的部分，诱发观众的想象力，给欣赏者留有余地。虽然没有台词也没有音乐，观众的思考却填补了这个舞台的空白，所以观众从心里有，感觉到舞台上也有。

郑一标的艺术风格还体现在对布景道具的审美上。他反对哗众取宠的布景设计，反对布景抢戏，喧宾夺主。他在排练《迎风山》时，考虑到人物关系在视象上不清楚，所以在舞美设计上下了功夫。在舞台上放置了一块石头，这样四个人物、一场风波，就十分清楚，表演也更生动了。郑一标为完成舞台艺术形象的创造而千方百计地调动表演、音乐、舞美等各种艺术手段。他是舞台的组织者，导演的剧目也有独特的风格。细腻又粗犷，简练又繁复，既有传统的艺术沉淀，又有西方的理念新意。他建立了一套完全适应戏曲的有特色的潮剧导演理论，成为指导潮剧艺术的理论宝库。

2002年5月18日，郑一标先生逝世。溯其一生，他崇高的爱国情怀、高尚的人格和对艺术创作一丝不苟的精神像一盏灯，永远为后人照亮前行的路。

（朱小丫）

专家点评

郑一标与潮剧导演制

陈炳光（戏剧工作者、广东省戏剧家协会会员）

潮剧历史悠久，在数百年漫长的发展过程中，历经人世沧桑，荣枯兴迭。潮剧产生于明代，成熟于明中叶，鼎盛于清代，而濒临灭顶于抗日战争和新中国成立前夕，繁荣于新中国成立之后。

新中国以来，潮剧获得长足进步，蓬勃发展，固然有诸多因素，首先是有正确的方针政策的指引和政府的扶植。而推行现代潮剧导演制的举措，也是其中重要原因之一，郑一标就是新中国初期，创建潮剧导演制的先驱者。

郑一标导演《扫窗会》取得成功后，先后带着神话剧《张羽煮海》和现代戏《两兄弟》到正顺剧团做导演示范，给我留下深刻的印象：

一、在《张羽煮海》一剧，他安排姚璇秋扮演海龙王之女琼莲公主，考虑到姚璇秋进剧团一年来扮演过三个青衣角色的悲剧人物，即《扫窗会》中的王金真、《玉堂春》中的苏三和《伯喈认像》中的赵五娘，现在要扮演一个天真活泼的少女，属闺门旦，估计有较大的距离。因此，他一面对姚璇秋进行详尽的剧本人物分析，另一方面交代剧团买了一批儿童玩具，要姚璇秋每天午睡前耍玩具半小时，目的是要培养她天真活泼的少女神采。姚璇秋经过一番磨炼，不负众望，较好完成了角色任务，得到郑一标导演的认可，这也为姚璇秋日后演好《荔镜记》中的黄五娘、《苏六娘》中的苏六娘等闺门旦角奠下基础。

二、导演现代戏《两兄弟》，郑一标认真总结吸取了排演《张羽煮海》剧受到男女唱腔同腔同调的限制，致使成年男角未能在舞台上流畅演唱，降低了演出效果的教训，他除了制订周密的导演计划、全面调动各艺术部门的积极性、为剧情和剧中人物服务外，特别强调音乐唱腔设计要进行改革，力求突破男女同腔同调的局限，调入新音乐工作者张伦杰、潮剧乐师陈华（又名陈仙花）作曲。在郑一标的精心策划下，通过一番努力，取得了一次成功的尝试，并在全区潮剧唱腔改革会议上做经验介绍，他说："我们认为《两兄弟》的音乐改革工作是比较明确地针对废除童伶制后所带来的唱腔问题，集中力量在编曲、演唱和演奏上进行一系列的革新尝试，以突破传统童伶唱声调门的限制，摸出若干适应成年演员歌唱要求的编曲方法和演奏方法……在编曲之前，对每个参加演出的演员逐一摸清其声域，作为编曲的依据。特别是编曲上不限于原来童声的单一调门，并考虑每个演员的长处和短处，结合剧情气氛进行转调，给成年唱声打开通路。"

三、郑一标导演作风严谨，每执导一剧，非吃透剧作意图及制订好周密规划等案头工作不开排；排练一丝不苟，不达目的不罢休。我曾亲眼看到郑一标在为正顺剧团首次赴省汇报演出和公演（也是新中国成立后粤东区第一个上省的潮剧团）加工提高《荔镜记》，当排练到"投荔"场时，掷荔枝手帕给陈三这个关目，反复排了17次还不过关，当再来第18次时，演黄五娘的姚璇秋哭着说："导演的提示我是能够领会，但一时要把内在感情和外形动作统一地表达出来就难以做到，可否给时间揣摩体验后再排。"这才得到许准停排，于此可见导演严谨性之一斑。

纵观上述事例和回顾郑一标自1956年调入广东潮剧团（后成为广东潮剧院一团）任导演和导演组长30多年来，他执导或与人合作执导的古今剧目30多个，如优秀传统剧目《扫窗会》《芦林会》《闹钗》《闹开封》《荔镜记》《苏六娘》，新历史剧《辞郎洲》和现代戏《松柏长青》《万山红》《滨海风潮》《一袋麦种》等等。这一系列的剧目，无论是20世纪50年代示两次赴北京、上海、南京、杭州、南昌等大城市演出，或是1960年带领中国潮剧团访问柬埔寨王国演出和首次赴香港演出，以至改革开放以来多次到泰国、新加坡、法国、澳大利亚、中国香港等国家和地区访问演出，都获得很高评价，轰动海内外，几十年来盛演不衰。大多剧目都已拍成戏曲艺术影片或录成电视剧，发行上映于国内外，特别是20世纪90年代以来再把《荔镜记》《苏六娘》等影片录制成音像影碟销售国内外，销路甚广，打破了戏曲艺术片的外销纪录。

匠心赏析

▲ 《扫窗会》

王起（中山大学中文系教授）

看了潮州剧四个优秀节目，我们大大惊奇于广东民间戏曲旧戏的丰富、粤东戏曲改革工作同志的显著成绩……作为细工戏，《扫窗会》可以说已经达到了相当高的水平，扮演王金真的姚璇秋及扮演高文举的翁銮金，对剧中人物的思想感情和这种思想感情在一定的剧情发展中所引起的复杂变化有着深刻的体会，因此，在表演上已经完全达到内外一致的地步。在有些剧情紧张的地方，演员不只是剧中人的化身，而是更集中地表现剧中人的性格。

▲ 《芦林会》

林淳钧（广东潮剧院副院长、艺术研究室主任）
许实铭（汕头市群众艺术馆馆长）

《芦林会》这个戏的旧本，从剧本到表演，都存在相当明显的糟粕，封建意识浓，主题思想消极。但这个戏虽然没有离奇的情节，人物也只有两个，演出却能抓住观众。郑一标以导演所特有的锐利眼光，发现旧本在舞台的节奏处理上，在人物刻画上，有它可取之处。如果读剧本，会觉得有些地方空白，有些地方拖沓，但观看舞台演出，却没有这种感觉，反而觉得疏密有度、张弛得当，所以能把观众吸引住。他执导的新整理本《芦林会》，充分发掘旧演出本在节奏处理上的长处，对人物思想感情发展的层次、矛盾冲突的迂回、高潮的形成和发展，都做了很好的处理。

▲ 《闹钗》

林淳钧（广东潮剧院副院长、艺术研究室主任）
许实铭（汕头市群众艺术馆馆长）

（郑一标）通过手势、眼神，把观众的注意力，引到继来的身上。在这里，导演要演员（角色）与观众进行交流。像这类与观众进行交流的手法，在郑一标导演的剧目中，并非绝无仅有。例如他导演的传统折子戏《闹钗》。剧中胡琏在自家门口拾到一支金钗，便怀疑是自己的妹妹与在家寄读的书生有嫌，因而大闹一场。当胡母叫她女儿出来与之对质时，胡琏说："新娘子出场了，大家出来看新娘呀！"这句话，是演员（角色）冲着观众说的。郑一标认为，演员在舞台上与观众交流，应该是允许的，但这个允许，是有条件的。

黄粦传：

百里歌残无来者
南国牡丹汉剧魂

黄粦传（1924—1966），广东大埔人，广东汉剧表演艺术家。1936年，黄粦传小学毕业后即从师学艺，并于1938年在梅县游艺大会上崭露头角。抗战时期，在福建龙岩加入汀龙剧社，改名黄仪，直到抗战胜利后才回到粤东。1956年，黄粦传任广东汉剧团副团长，并在第二年随团赴京在怀仁堂和黄桂珠演出《百里奚认妻》。1966年秋，黄粦传在『文革』之初遭受迫害离世，年仅42岁，后得以平反昭雪。

黄粦传工老生，其艺术成就达到了广东汉剧史上的空前高峰。他的嗓音清亮宽厚兼优，富有磁性和穿透力，高低音运用自如，气口行腔遒劲顺畅，饰演不同年龄阶段的老生角色各有不同的韵味，被梅兰芳、田汉等人誉为『南方马连良』。

艺术观

◎字字清楚，唱得有味儿。

◎唱腔改革是个很重大的问题，必须付出艰苦细致的创造性劳动，并且须得一个相当长的时间的验证。

◎那种“演十个人物，仍然是一个人物”的时候，已经一去不复返了；我们今天就必须“扮一个人物，是一个人物”才成。

——黄粦传

创作之路

1957年广东汉剧团进京演出时，周恩来总理对广东汉剧予以高度评价，并称誉汉剧为“南国牡丹”。在这背后呈现的是广东汉剧复兴后的欣欣向荣景象，而在汉剧复兴繁荣的这一重要阶段，黄粦传无疑为汉剧的复兴发展做出了重要的贡献。

黄粦传的前半生历经坎坷，远离家乡多载，饱受流离之苦，为了谋生，勤学苦练地方戏表演技艺；后半生可谓是“厚积而薄发”，新中国成立使得广东汉剧迎来发展的春天，黄粦传在广东汉剧团（后升格为广东汉剧院）得以尽展其能，他的艺术生涯也走向鼎盛时期。如果把黄粦传的前后半生串联起来，可以概括为孜孜不倦开拓进取以探求戏曲精髓的一生。

在黄粦传一生中，他不仅继承了传统戏曲的精华，更是以科学的精神锐意进取、创新改革，创造出适应时代发展潮流的新的汉剧表演程式，使汉剧表现力更为丰富。

1978年国务院决定编辑出版的《中国大百科全书》戏曲、曲艺卷将“黄粦传”收入条目，以纪念这样一位骨子里透着坚韧不拔品质、眼神中闪着锐意创新光芒、胸膛中始终装着人民的德艺双馨的艺术家。

汉剧启蒙：戏曲熏陶兴趣浓，严师调教根基厚

1924年，黄粦传出生于广东省大埔县湖寮镇龙岗村的一个贫苦农民家庭。父亲名叫士元，黄粦传在兄弟当中居长。

童年时期的黄粦传已经展现出他对于戏曲的天赋和极大的兴趣。他自小受梅州客家地区民间广为流行的戏曲音乐的熏陶，在小学读书时总喜欢哼几句二黄、西皮，嗓音清亮宏远，渐渐得到了小学校长的赏识。校长主动当了伯乐，找到他父亲说："我发现粦传天生一副好嗓子，如从事剧艺，日后必定成名。"黄粦传的父亲自觉家境贫寒，升学不易，便答允了此事。于是，黄粦传在从湖寮育民小学毕业的那一年，即从师学艺，进入湖寮同艺国社学习戏曲，从此与戏曲结下不解之缘。当时黄粦传的老师是原潮州四大外江戏班的名师李祝三先生，正是这位严师对黄粦传一生的戏曲事业产生了深远的影响。

黄粦传有着勤奋刻苦的优良品质。他学老生行，但开始起步阶段，却并不顺利，人谓之"迟钝"。但李祝三对他的戏曲天赋和勤奋品质却很有信心，总是耐心指导调教他，对他的训练非常严格。黄粦传每天清晨4时就起床练嗓练功，练嗓时用一根一尺长的棍子顶在肚脐上，另一头顶在墙壁上，练习丹田的发音。早晨日出，他眼望东方渐升的太阳，不顾疲惫与眩晕，执着地练起眼神功；白天则谨遵严师教导，苦练基本功，台步、出场、入场、拉山、跳台、升堂、入桌、坐凳等一套程式下来，无丝毫懈怠。

一分耕耘，一分收获。不到两年工夫，基本功他都已熟练掌握，且运用自如，尤其是唱功，清亮宽厚，磁性穿透力极强。他还善于揣摩人物心理，把对人物角色的理解融入神态动作中，扮演的人物惟妙惟肖，因此得到了先生的特别重视。接下来，先生便教给他一些高难度的老生重头戏，如《上天台》（即《误斩姚期》）、《辕门罪子》、《韩文公走雪》的老生唱段。很快学会的黄粦传请求教习新的剧目，但要求严格的先生一再告诫他，"这三个剧目都是老生的重头戏，二黄、西皮各板式的腔调皆在其中，熟练它，掌握它，达到运用自如，还要使之出神入化，若如此，学习其他剧目的老生唱腔就容易了。"

1938年是黄粦传在戏曲舞台崭露头角的重要节点，在此之后，黄粦传的声名在梅州、潮州地区广为传开。那年正逢梅县举办游艺大会，黄粦传所在的戏剧班社应邀参加，演出《上天台》。14岁的黄粦传虽然个子不高，很不起眼，但一开腔就牢牢地吸引住了观众们的眼球。他嗓音嘹亮，表情也是拿捏得恰到好处，把刘秀误斩忠良后悔莫及的心情表现得淋漓尽致。其中“劝姚”的一大段二黄慢、中、紧板，黄粦传唱得激越高昂，层次分明，博得观众一阵阵的喝彩。当时的盛况被时人津津乐道，称为“黄粦传一曲震环座”。

观众们觉得不够尽兴，次晚还专点黄粦传演出新剧目。黄粦传又献上一剧《南天门》（《韩文公走雪》），不出所料，观众又是掌声如雷。唯有老师李祝三对此不满、感到愤怒，原来是黄粦传在表演“走雪”片段时，忘记了唱词，“打着舌花”敷衍而过。下台后黄粦传直接被老师敲了一记“戏箱板”，顿时鲜血直流。夜间他独自一人躺在病床上暗自哭泣，深思反省。次日清晨，老师亲自送来一碗猪肉汤，询问他的情况。黄粦传心中百感交集：这不仅是教人戏曲的严苛老师，也是关心着学生的慈爱老师啊！从此，在李祝三的指导下，黄粦传对待戏曲更加认真，日日夜夜勤学苦练打好基础，不敢有半点疏忽。这为他后来不断进取的汉剧戏由事业打下了深厚的根基。

离别家乡：抗战民间遇凋敝，困顿辗转仍进取

全面抗战初期，是黄粦传表演风格渐渐成熟的阶段，却也是黄粦传即将饱受颠沛流离、困顿度日的开始。粤东山区虽然没有成为沦陷区，但是战乱纷繁，民生凋敝。没有了经济的支撑，戏曲也没有了存活的空间。百姓们再没有时间与精力去欣赏戏剧，使得剧社难以继续周转运营，前途一片黯淡。黄粦传的恩师李祝三被迫辞退，剧社班主又不同意人员外出找演出，担心忽然召集演出时人手不足，社员们的日子也因缺少经济收入变得愈发艰难。

黄粦传迫于生计，在师兄弟的掩护下逃至福建龙岩，加入了由曹炳进组织的汀龙剧社。他的艺名“黄仪”便是这个时候取的，为的是躲避残暴的原剧社班主的追捕，求得生机。在抗战胜利前的大段日子，黄粦传都留在了福建演出唱戏。

由于黄粦传之前在剧社打下的扎实基础和个人的不断努力，他渐渐地当

《击鼓骂曹》剧照

上了剧社的头手老生。一次剧社演出《群英会》的偶然机会，使黄彝传认识了另一位对他有着深刻影响的老师——郭维政先生，黄彝传后来评价他说："我的启蒙老师是李祝三，完善我的老师是郭维政。"那次，正逢剧社需要演出剧目《群英会》，里面的孔明一角须由头手老生饰演，但从未学过孔明角色的黄彝传对此并不自信，陷入了矛盾当中：若演得好，自然是挑战、锻炼自己的绝佳机遇，并可以借此使自己的戏曲技艺得到突破、更上一层楼；但若不能演出孔明的韵味，只怕不仅辜负了头手老生的称号，沦为普通角色，薪酬跌落，更会让自己苦心经营的汉剧戏曲事业一朝毁名。但他没有灰心，而是迎难而上。为了演好孔明一角，他向年事已高的同乡、原大埔"新梅花"戏的著名老生郭维政先生虚心请教，得到了先生诚恳而又耐心的指导。最后由黄彝传饰演的孔明在台上谈笑自若，气度非凡，生动地再现了群英会的场景，演出大获成功。后黄彝传拜郭维政为师。郭维政遂将毕生所学传授给黄彝传，比如《击鼓骂曹》《齐王点马》等等，这为他之后突破传统剧目的锐意创新播下了种子。

在抗战的那几年，黄彝传在一次次的戏曲排练演出当中，不断精进自身的技艺，没有被生活的困顿打倒。

艺术高峰：创新汉剧又逢春，名扬四海享盛誉

抗战胜利之后，黄粦传终于回到了故乡，但粤东山区却依旧民生凋敝，汉剧因此不景气。黄粦传只能靠演戏曲勉强为生，他偶尔应邀演出几场，客串中军班作音乐演唱，也曾去汕头“公益国乐社”唱几段曲子。这段时期，他生活困顿，日子过得甚是拮据。后来他因酒后受寒倒嗓，转而执教戏剧两年，直至1947年嗓音逐渐恢复，才重新登台。

1947年，黄粦传与汉剧艺人罗恒报、黄桂珠一起受聘为汕头公益国乐社老师。在此期间，曾多次参加社会公益和慈善事业的筹募义演。次年，先后在梅县松口镇、松源镇、隆文镇和蕉岭县新铺镇等地教戏。

中华人民共和国成立后，广东汉剧如枯木逢春，展现出了盎然生机。1950年7月广东省第一个正规的汉剧艺术表演团体民声汉剧社应时而生，以更大程度满足广大人民群众的需求。汉剧社汇集着当时的艺术骨干，包括黄桂珠（旦）、罗恒报（丑）、范恩湘（江净兼司鼓）、黄粦传（老生）等等。黄粦传依旧是剧社的老生台柱，任剧务委员。1956年，黄粦传所在的剧社团体改为“广东汉剧团”，黄粦传任副团长。尽管当时汉剧团面临着设备简陋、衣饰半旧等问题，但汉剧团表演人员凭借对戏曲的倾情付出，克服了种种不足，将最精彩的表演留给了广大人民群众。因此，广东汉剧团广受好评。

1957年，广东潮、琼、汉剧团赴京、沪、汉等地演出，黄粦传与汉剧团的艺术骨干们将汉剧艺术展现给了更多的观众，也将汉剧推向了更高的艺术高峰。广东汉剧带去的《百里奚认妻》《店别》《盎夫》三个折子戏中，数《百里奚认妻》演得最多，最受欢迎，评价也最高。

1957年，黄粦传与黄桂珠合作的剧目《百里奚认妻》在北京怀仁堂上演，演员唱腔艺术的发挥达到了炉火纯青的境地，赢得观众们连连称叹。已在粤东传唱百余年的《百里奚认妻》，讲述的是一个关于古人坚贞爱情和高尚情操的感人肺腑的故事：战国时官居秦国左庶（宰相）的百里奚，日夕思念失散30多年的妻儿，后来家院找来院中洗衣的贫妇唱曲解闷，这个贫妇通

过弹唱一段琵琶词和一段琴曲表白身世，说明自己就是百里奚的妻子杜氏，百里奚欣然相认，夫妻终于团圆。其中，黄粦传饰演的百里奚“咬字清楚，喷口有劲”，行腔苍劲持重，表情身段稳重洗练，十分切合百里奚老成持重、暮年伤颓的情态。

演出结束后剧团人员受到毛泽东、周恩来、刘少奇等国家领导人的接见，周恩来总理评价广东汉剧为“南国牡丹”，从此广东汉剧便多了一个雅称。北京部分戏剧界人士在座谈广东汉剧的演出时，交口称赞他们既能继承传统，又能革新发展。戏曲大师梅兰芳、田汉、蔡楚生、欧阳予倩等对黄粦传与黄桂珠精湛的表演十分赞赏，谓之“珠联璧合”。马连良听了黄粦传的发声和演唱后，称其为是“正宗的老生嗓子”，按京剧的说法，此发音称“云遮月”也。后黄粦传被誉为“南方马连良”。北京汇报演出后，黄粦传随团到武汉停留一个月，一边演出，一边与当地名伶交流技艺，努力提升自身的表演水平。

1959年秋，广东汉剧团升格为“广东汉剧院”，黄粦传任副院长。他与黄桂珠等率剧院演出团到佛山、江门、肇庆、茂名、湛江、海南巡回演出。接着，经广西玉林入南宁，开始了广西、湖南、湖北、安徽、江苏、上海、浙江、江西八省市巡回演出，历时一年三个月，所到之处备受赞誉。此后，黄粦传再次当选中国人民政治协商会议广东省委员会委员，加入中国戏剧家协会，当选中国剧协广东分会第二届理事。

1965年，广东汉剧二上北京，汇报演出现代汉剧《一袋麦种》。黄粦传扮演剧中春梅的父亲，演出后又一次得到毛泽东和其他国家领导人的接见。

同年，毛泽东和周恩来、朱德、邓小平、董必武、叶剑英等国家领导人，接见参加国庆观礼的工农兵代表及中南区戏剧观摩下乡节目汇报演出队全体人员，黄粦传是其中一员。

经典流传：制片育人艺长存，百里歌残无来者

黄粦传的代表作品《齐王求将》《一袋麦种》分别于1962年、1965年由珠江电影制片厂拍摄成戏曲艺术片，成了永流传的经典之作。其中，《齐王求将》是黄粦传在戏剧创新“老生跨丑”表演艺术上的一次重要尝试。黄粦传曾说：“《齐王求将》这个戏，是个传统的讽刺喜剧……读了剧本之后，感觉曲调必须加以丰富，做功也要加强。这样就大胆吸收了河南梆子的一点曲调，加以溶化，发展成哭灵的一段唱腔。并把逐段逐段分析剧情，逐句逐句锤炼唱腔的方法，引用到处理传统剧目中来，以新词带动了老唱腔的变化。”

黄粦传在《齐王求将》艺术片表演中变化灵动，将丑行和老生行唱腔句韵落音交错使用，一扫呆板沉闷之气。特别在“祭殿”的大段唱腔中，更是大胆吸收了民间祭祀时读“祝文”的情调，唱来呢呢喃喃，自语自责，装出一种懊悔莫及的可怜相，令人觉得荒唐可笑，把齐宣王的昏庸暴露无余，完成了一次成功的创新。这次创新，受到了著名艺术家陶金先生的称赞。

黄粦传非常重视对青年演员的培养。他所教授、辅导的多位青年演员后来都成了剧团的台柱，使广东汉剧艺术后继有人。

黄粦传为人正直，实事求是，却在特殊时期被诬为反动学术权威。1966年秋，黄粦传在“文革”之初遭受迫害离世，年仅42岁，实为广东汉剧事业不可弥补的巨大损失。“文革”后终得以平反昭雪。虽然黄粦传逝去了，但其音艺长存，留给后人无限宝贵的精神财富。

（汤梦茹）

专家点评

百里歌残，后无来者

沐春阳（学者）

天生的嗓音

我们观听黄彝传表演的《百里奚认妻》《空城计》《击鼓骂曹》等剧，不仅可以欣赏到他的高超表演艺术，同时也可以尽情享受到他那与生俱来、天赋异禀的明亮宽厚且色彩丰富的嗓音。他饰演百里奚、诸葛亮、祢衡、勾践运用的嗓音音色是亮中带沙。所谓亮中带沙，并非喑哑或沙哑之音，黄彝传的音色，听起来就似在宁静的树林里河溪之水带着微沙流动时产生的一种音乐意境。正是多彩的音色令他被京剧名家马连良等赞羡。百里奚幕内一句倒板“饲牛拜相世称奇”，亮中带沙的音色和演唱艺术表达的音乐形象令听者回味无穷，感受到百里奚年高苍劲又心怀郁闷……

如果说，一个人的嗓音音质有很大天赋的成分，那么掌握使用不同的发声方法得出不同的音色则须靠学习和创造，黄彝传将两者结合了起来，极大地丰富了他在戏曲舞台上的艺术表现能力，成功塑造了不同的艺术形象。

创新的智慧

以黄粦传的艺术潜质而论，将马连良的艺术成果变化为自己的成果，跟在马连良背后走，难度系数不高，说不上是创新。难的是黄粦传小学没读完，也从未学过戏曲音乐理论，他对《空城计》的声腔改造从不被认可到被认可的实践，是他虚心学习请教的结果。他开始掌握戏曲理论，认知艺术创作不能只跟在别人后面模仿重复，认知对传统声腔唱法改革不唯新而新，要有利于塑造人物。黄粦传通过对声腔唱法的改革，带动了音乐设计、音乐伴奏的改革，提高了对音乐设计、音乐伴奏水平的要求，进而带动演员排演新戏时学习新的唱法、新的声腔。可以说，在继承传统与改革发展问题上，广东汉剧界只有黄粦传才有此颠倒众生的潜量，而他通过《空城计》声腔唱法改造的实践取得了经验和理论上的提高，在创新、丰富发展广东汉剧表演艺术道路上，不断表现出对各种声腔音乐敏锐的捕捉才能和出色的创新才能，大步攀登艺术高峰。

实事求是的态度

“文革”时，黄粦传被诬为反动学术权威，不堪政治运动的反复折磨，投井而去，英年早逝。现实中的黄粦传是知之为知之、不知为不知的人，在他所不擅长的领域如戏剧文学等，他从不轻易发表意见，更不会妄言。

赏析
匠心

▲ 《百里奚认妻》

郭秉箴（戏剧评论家）

这折戏之所以能够经年传唱，获得一致好评，主要是靠黄桂珠、黄奔传两位老艺人韵味缠绵的演唱。由于他们具有深刻的内心体验，虽然舞蹈动作不多，也没有频繁地变换台位，却能传达出人物翻腾的深邃的感情！这折短剧保有汉剧唱功的精髓，两位演员继承了汉剧的优良传统，唱得非常精彩。黄奔传扮演百里奚，配合着龙钟老态的身段，几段二黄慢板唱来苍劲洪亮，柔润悦耳，充分表达了思念妻儿的内心创痛。

▲ 《齐王求将》

涂公卿、吴伟忠、张沛芳（学者）

让我们看看黄粦传是利用什么艺术手段实现“老生跨丑”这个表演形式，从而塑造艺术典型形象来的。

他在老生行的嗓音和应有的韵味的基础上，糅合丑行的吐字行腔方法，增加滑音和短促收音句顿，以丑行的行腔规则，句韵落音作为贯穿齐王唱腔的基调，既有老生腔的跌宕悠扬，又有丑行的滑稽韵味……从音乐唱腔，板式上的设计、改革、变化和创新，到唱、做、念的技巧运用，黄粦传深晓传统而不被传统束缚。他探索实践老生跨丑表演艺术，不求形似，而求神韵。从齐宣王的艺术典型形象可看出，他是深得戏曲表演艺术精髓、随心所欲而不逾矩的艺术家。

红线女：

争及摩登红线女
佳章一出动人寰

红线女（1924—2013），原名邝健廉，祖籍广东开平，中国当代著名粤剧表演艺术家、红派艺术创始人。从艺60多年来，演过近百个粤剧，拍过90多部电影，成功地塑造了古今中外各类妇女的艺术形象。她在艺术上勇于革新，在继承粤剧传统的基础上，吸收、借鉴京剧、昆剧、话剧、歌剧、电影以及西洋歌唱技巧，加以融合创造，开创了独树一帜的红腔（又称『女腔』）。其表演以细腻见长，其音色清脆秀丽，行腔自然、婉转、丰美，真假嗓音能够巧妙结合，有『龙头凤尾』之誉，受到广大观众欢迎。2009年10月荣获首届『中国戏剧终身成就奖』。2010年12月，荣获首届『广东文艺终身成就奖』。历任广东粤剧院副院长、广州粤剧团艺术总指导、中国戏剧家协会广东分会副主席。

艺术观

◎创造不能乱来……创造出来的东西，一方面要合乎表达人物性格、思想感情的要求，另一方面又要合乎音乐的规律，使人听起来和谐悦耳，产生快感美感。

◎戏曲演员要泡进角色，观其形而动其神，动其神而激其情，激其情而明其理，明其理而懂其法。

◎我们决不能把自己变成摇钱树。我们奉献给观众的是美的艺术。这个美是真善美的“美”，不是靡靡之音的“靡”，也不是媚俗的“媚”。

——红线女

创作之路

红线女是一个奇迹。

她的“奇”在于其涉足领域之广，取得成就之巨。在她60年的艺术生涯里，拍摄了90多部电影，演出了近200个剧目，既有传统戏、新编历史剧，又编演外国名剧和现代戏。

她的“奇”在于，作为一个地方戏曲演员而具有世界性的声誉，不但多次获得国际性的殊荣，还被联合国有关组织嘉奖为杰出艺术家。

她的“奇”在于，一个以演青春女性见长的旦角演员，年近古稀而仍能以夺目的青春光彩辉映戏剧舞台。

她的“奇”在于，有粤语的地方，她的名字就会被传扬，她的曲子就会被传唱。

她是粤剧的一代宗师，所创立的“红腔”“红派艺术”是粤剧表演艺术的一座丰碑。

为生计入行戏剧

20世纪20年代，广州黄沙有一家中药铺，老板叫邝亦渔，他本来已有一妻一妾，养了一男三女，却又看中了另一位女子，娶过门，尔后生下一女，取名为邝健廉，这就是现在驰名整个中国戏剧界与华人圈的红线女。

邝家家境殷实，红线女的童年基本上是在无忧无虑中度过的。抗日战争

红线女劳动照

时，红线女一家搬到澳门生活。邝父改行经营小酒庄，但家道已中落，红线女在教忠小学读了两年后，就因生计辍学去“做大戏”。之所以选择这行，跟家里的渊源有关。

红线女的外祖父声架南（谭杰南）是驰名东南亚的武生，与粤剧明星梁醒波的父亲，都是当时享有盛名的武生。她的母亲有个同父异母的兄弟叫靓少佳，历任人寿年、胜寿年等省港大班的正印小武，在省、港、澳以及美国和东南亚均享有盛誉。在这样的熏陶下，年幼时红线女就迷上了粤剧。她6岁就跟舅父靓少佳到戏院，躲在侧幕看戏，边看边模仿。八九岁时，跟留声机学唱粤曲。父亲招待客人时，她会被叫出来演唱，得到客人的夸奖和父亲奖励的二毫硬币。有一次，她病了，还挺严重，问医问药无济于事，整日病恹恹地躺在床上。母亲无计，忽然想起：看戏，或能驱走她身上的病魔。于是，给了女儿一张戏票。果然，女儿一下就从病床上跃了起来，飞快地去到离家不算近的戏院。病自然就好了。

戏迷加上家里的渊源，在寻找生活出路时，学戏成为自然而然的选择。12岁那年，红线女拜和靓少佳一起生活的何芙莲为师，取艺名“小燕红”。

中国的戏曲艺术，集所有舞台艺术之大全，同时又把这一切化为一种美的程式。要想成为一名合格的戏曲演员，首先就得练就这一身本领。而练功又是何等之苦！何况在战乱之时，单是求生就充满了危机和苦难。从入行到“扎起”（成名）这几年，红线女始终是在这种状态下过的。在她自传性纪录片的脚本里，有一段生活章节的几个小标题是这样的：日本鬼子开始追着我来、日本鬼子又来了、日本鬼子含尾穷追的结果。白天练功，给师父家做饭、洗衣，晚上演出，碰到演天光戏，更困得上下眼皮就像被胶水粘起来似的。

这些都挡不住她发疯般学艺，忘我地演戏，快速地成长起来。15岁的她做上了正印花旦。

1940年，靓少佳指点完她发声技巧后，给她讲了一个《红线盗盒》的故事，他认为“小燕红”很有些红线女的侠肝义胆，于是建议她改艺名为“红线女”。此时红线女正是小荷才露尖尖角。

抗战时期，靓少凤组织抗战剧团，到湛江公演。当时粤剧界有“四大名家”——薛觉先、千里驹、廖侠怀和马师曾。在那里，红线女见到了马师曾。在看过红线女的演出后，马师曾聘红线女为“二帮花旦”，在湛江的鉴湖戏院连续演出一个月，场场爆满。

在马师曾的抗战粤剧团，正印由罗丽娟担任，红线女是第二花旦。剧团到柳州后，罗丽娟准备和家人回湛江，也算巧合，从香港逃难到柳州的陆小

1961年1月，马师曾、红线女在上海拍摄的电影《关汉卿》完成后合影

仙（蓝茵）与莫康时也到了，马师曾立即让陆小仙当正印花旦。这天，剧场正排练新戏，突然，陆小仙腹中绞痛，患了急性肠胃炎，被送到战时医疗站救治。不巧的是，这晚已经把票子全部售出，且时间快到了，马师曾急得直冒冷汗。这时，红线女走到马师曾面前，说："马大哥，让我顶仙姐一晚吧？"结果，那晚的戏，红线女演得非常好，一连三晚，全城都在议论红线女，当地报纸刊登她的大幅照片，剧评家称她为"光芒四射的粤剧新星"。红线女被升为正印花旦，那年是1943年春天，她19岁。

马师曾觉得替补的戏未能发挥红线女的特长，他以最快的速度，为红线女量身定做了一出戏——《刁蛮公主戆驸马》。这出戏非常适合红线女娇丽、活泼、俏皮的个性，在唱腔设计上，根据她的声线、腔口、音质等特点来精心设计。这出戏里，马师曾饰演驸马爷孟飞雄，红线女饰刁蛮的凤霞公主，既风趣又活泼。在柳州演出第一晚后，整个广西都轰动起来，凭着"刁蛮公主"，红线女红了，戏院场场爆满。

罗品超、红线女演出《红花岗》

“女腔”初定个人特色唱腔

抗战胜利后，红线女定居香港，成为影剧两栖演员。

战后香港影业火红，1947年她受邀拍第一部电影《藕断丝连》。该片是由马师曾的著名舞台剧改编而来，由资深导演苏怡执导。当时二十出头的红线女已有多年舞台表演经验，虽是首次涉足影棚却很快就适应在镜头前演戏。该片讲述的是红伶的悲惨人生，还有戏中戏，难度不小。更令人叫绝的是，她首次触“电”就轧戏，并创下上映时几乎与自己打对台的纪录：当时同时为她开拍的还有《我为卿狂》，这是改编自另一位粤剧大老倌薛觉先的著名剧目，与《藕断丝连》正好是一悲一喜。后来这两部片在前后两个星期之内上映，幸亏叫好又叫座，红线女也由此成为多栖明星，电影片商纷纷上门，一时片约不断。

1947年至1955年，可说是红线女的电影时期，拍了有80多部，其中就有创下粤语电影年度票房收入纪录的。不少影片一直到现在还在播出。最有意义的成就则是1951年，“女腔”得到戏剧界和观众的认可并成为红派艺术的一个代表符号。而“女腔”的诞生，则源于红线女内心对艺术的不懈追求。这种追求，让她不沉溺在电影带来的名与利里，让她一直保追学习的状态。

到了香港，红线女不只保持着入行时对文化的学习，还有着更大的渴求。她请外语老师教自己外语，请京剧名家教自己京剧，而且，一学就是三年。通过学习，她研究不同剧种的表演、声腔，尤其注意京、昆两大剧种的精髓。除了中国传统艺术，借助香港开放的环境，她还学西洋的美声唱法。对拍电影，她曾表示：电影是她表演艺术中“一面鲜明剔透的镜子”，她可以像旁观者一样看到自己的表演，然后进行修正，从而在表演上不断地提升与进步。

在繁华浮躁中，潜心艺术，沉心学习，这就是红线女。这种积累，在1951年结出了“女腔”这朵粤剧表演史上璀璨的花。在演出新剧目《一代天骄》时，红线女极为用心思地唱出了特具个人腔调的唱腔——女腔。“女腔”以马派艺术为基础，以戏班制为支撑，甜美婉转、娇俏玲珑，脆生生带

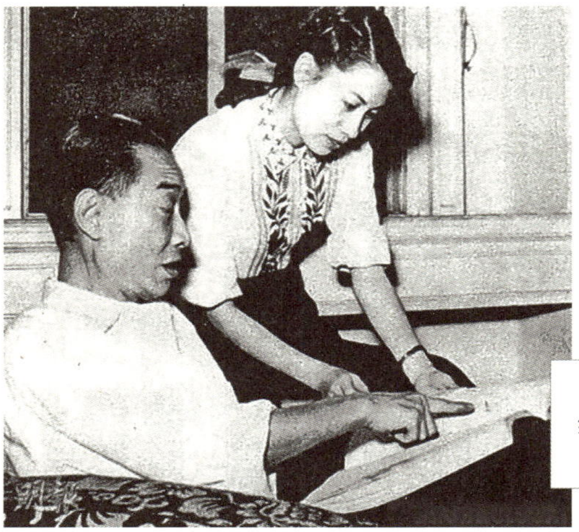

红线女与马师曾

着活泼的市井气息。广州话俗称“听出耳油”。这也是粤剧戏迷称她为“女姐”的来由。

红线女后来接受采访时说：“年轻时，因为我和马师曾合作了那么长的时间，我无形中就唱太平剧团马派的唱法……我形成了自己的唱法之后，就有意识地去摆脱以前的唱法，集中精力研练我的《一代天骄》以来的唱腔。”也正是从“女腔”开始，红线女从名角开始走向一代宗师之路。这也是她跟当时香港电影、戏剧界粗制滥造、热衷商业炒作不兼容的根本原因。

20世纪50年代的香港，社会浮躁，金钱冲击强烈，演艺界更是首当其冲。演出粗制滥造是一种常态，剧班之间比新戏。演员往往当天下午才拿到演出的剧本，有时连剧本都没有就上了台。台词忘了，只能现场编着唱。这样的演出，水平可想而知，观众不满，演员累，恶性循环。任何一位有追求的演员，面对如此情景都会寻求出路，红线女就是这一位。

她组建了一个自己的剧团，叫“真善美”。这是一个从名字即可知道其艺术追求的剧团。红线女想在香港一团乌气的演艺界走出一条清澈纯明的路。剧团排演的第一个剧目是改编外国剧目的《蝴蝶夫人》。为了确保演出质量，她邀请马师曾、薛觉先一起主演。

除了对剧本精益求精，为了演好这出戏，红丝女还专门在日本呆了45天，从饮食习惯到文化生活，进行多层面的考察与学习。她还请来电影导演协助剧团排练。为了让演员有现场感，专门等戏院夜场散戏后再排练，一直到天明。这样的投入与执着，完全跟当时香港剧团背道而驰。演出很成功，但剧团没赚到钱。但红线女一点也不介意，又推出一部粤剧——《清宫恨史》。紧接着，又排练《昭君出塞》。以一己之力逆潮流而行，注定要背负更多。在演出根据莎士比亚名剧《威尼斯商人》改编的《心头一磅肉》后，红线女病倒了，她付出极大心血走了两年的"真善美"也停了下来，内心的痛可想而知。

躺在病榻上，她想的仍然是粤剧的出路。在香港的她，突然想回广州看看，看看那个熟悉的城市里，粤剧怎么样了，应该是跟香港大不同吧。几年前回广州的朋友，他们又是怎样看广州的粤剧的呢？

《蝴蝶夫人》剧照

“红派艺术”成就一代宗师

1955年12月14日，红线女携儿带女从香港返回广州。她办真善美剧团时所产生的困惑得到了圆满的解答。

她如饥似渴地向名师学习。她向俞振飞学《贩马记》，向程砚秋学《孟姜女》，向李少春学舞剑，向于连泉学圆场“水上漂”，向朱传茗学昆曲《思凡》。老师们认真传授的精神令红线女很感动。艺术的天地是宽广无限的，艺术是博大精深的。如果说在香港的视野有所局限，创作条件还不是那么理想，回到内地后，眼前则是一片新天地，别有洞天……这使红线女很感激，也很激动。戏班里常说“教会徒弟饿死师父”，或者说“宁送十亩地，不教一招绝技”，她没想到新中国艺术家与旧艺人是那么不一样，他们不狭隘不自私。

红线女在回忆文章中，多次提起京剧大师程砚秋对自己的帮助：

程砚秋先生的指教，使我再一次证明了，在戏剧表演艺术中，身段、水袖、感情能够合二为一，呵成一气，始足称为上乘的表演艺术。

戏中需要有孟姜女在大自然中登山涉水的场面，不知该设计些什么动作才好。程先生登时兴奋起来，他屋子当中是一个大理石圆桌，程先生站起身子，围绕圆桌就动作起来，他好豪爽！他忽而说，“这儿要过桥了”，应该是什么动作；一会儿又说“该登山了”，又应该是什么动作；忽然讲“因为不慎摔倒了”，则应该怎么办……他动作不停，说话也不停。

正如古典画论所说：“旁通曲引，以观其变；泛滥诸家，以资其用心。”红线女把所学、所识和所获，化为艺术血液，丰富了自己的艺术素养，在《搜书院》《关汉卿》人物形象塑造中，最终完成了红派艺术的创造。

1956年，广东粤剧团重排《搜书院》准备赴京演出。剧本做了重新整理，阵容也进行了调整，由红线女和马师曾领衔主演。5月初，该剧与首都观众见面。刘少奇、周恩来观看了演出，并到后台看望了演职员们。在政协礼堂的演出引起了轰动，首都各大报刊纷纷发表了以梅兰芳为首的名家们的评论文章。田汉看过后欣然给红线女题诗云："歌倾南国刘三妹，舞妙唐宫谢阿蛮。"周恩来总理热情地对她说："你唱得不错，你的表演内心活动很细致。"并说，粤剧是"南国红豆"，应受到重视！5月24日，周恩来为广东粤剧团题词："批判性地接受民族文化遗产，创造性地发展地方戏曲音乐，为祖国的文化艺术放出新的光彩。"

周恩来的题词，道出了红线女多年来想说又不知怎么说的心声。这正是她所要追求的！想起办真善美剧团的酸甜苦辣，红线女激动得双眼发潮。今后，终于有了明确的方向和目标！

《搜书院》由上海电影制片厂拍成了戏曲电影。其后，香港20多家影院同时放映该剧，半月内观众达60多万人次，相当于当年香港最卖座的六部美国电影的总和。是好戏，自然便能卖钱！随着红线女的不断演出，"红腔"风靡海内外讲粤语的任何一个角落。终于，红线女把"红腔"唱到了完全听不懂中国话的外国人那里。

红线女的代表作《关汉卿》1958年由马师曾、杨子静、莫志勤根据田汉同名话剧改编。原作是有情人终成眷属的大团圆结局，周恩来看过演出后，认为悲剧结局更能显示封建统治者的残暴无情，更显人物的凛然气概。秦牧观看《关汉卿》后评价道：

> 她的响遏行云的唱腔，在表达一个剑胆琴心的人物凄苦激烈的心情时，获得了相当优美的效果。这种唱腔，使我们像听秦腔、河南梆子似的，有一种杜鹃泣血似的感受。因而，也就相当加强了艺术魅力。

自此，红派艺术以《搜书院》《关汉卿》为标志，创造了粤剧历史上的艺术巅峰。

其后她主演的《山乡风云》《刘胡兰》《红霞》，开创了粤剧演出革命现代戏的历史。到20世纪90年代初为止，她为粤剧创造了翠莲、朱帘秀、王昭君、白娘子、焦桂英、刁蛮公主、李三娘、刘琴、刘胡兰、红霞、陈铁军、沈洁等一系列古今人物形象，为粤剧艺术的复兴和繁荣，做出了不可磨灭、不可替代的贡献。

“艺术一经停滞就要老化，一脱离生活就要枯萎。”她常用这句话自我鞭策。“戏剧艺术必须富有美感，给人以美的享受。”她也常用这句话提醒自己在舞台实践中，如何不断地创造和丰富独具风格的表演艺术和唱腔艺术，以及让观众获得什么样的审美感受。

而当年得益于京剧而提高粤剧表演艺术的红线女，日后也影响了京剧的青年演员。1999年，张火丁在广州观看了红线女演的粤剧《祥林嫂》，受到很大震动，泪流满面。红线女把自己演出的剧本送给了张火丁，鼓励她把这个戏移植为京剧。张火丁以京剧《祥林嫂》获得了第十七届梅花奖。张火丁认为，《祥林嫂》的成功比得奖更重要的，是她在发展程派艺术的道路上迈出了一步，这是红线女给她的启发，让她日后可以排演更多现代戏。

红线女手捧荣誉证书

这是红线女还给程派艺术的一个大礼。她让粤剧有了反哺京剧的能力，她用粤剧点亮了其他剧种的创新精神。这是大师之间的一脉相承。

20世纪80年代末，进入花甲之年的红线女本可以息影舞台，颐养天年，但她却是“老骥伏枥，志在千里”，成立了红豆粤剧团，除了她本人具有示范性的演出，提携新秀，还担负起培养接班人的历史重担。她没有走完的路，由新秀们接过她的接力棒，迈向21世纪的新里程。

（张晋琼）

专家点评

她的艺术观是她最宝贵的东西

郭汉城（戏曲评论家）

红线女的成就是多方面的，是非常突出的，她的艺术有着漫长、曲折的奋斗过程。她在自己写的书中有一句话很深刻：“我的粤剧艺术观是：艺术良心、继往开来。”这八个字概括得很广泛、很深刻。没有漫长、曲折的奋斗过程，就没有这样的总结。这里面包含着文艺工作者的使命感，以及她与广大群众的关系、她的艺术追求理想等等，有着很丰富的内容在里面。

为什么红线女能在艺术上取得很高的成就？没有这样一种艺术观是不可能达到这样的高度的。对艺术、对时代的态度，对理想的追求，这是艺术家取得成功的根本所在。这是红线女最宝贵的东西。特别是她从香港回到内地以后，这种思想境界比以前就更自觉、更明确了。这种追求并不容易，艺术创造是最复杂、最细腻的，红线女能取得这样高的成就，我们相信她是全身心地投入了。我们的艺术创作环境好，但也有困难、曲折，她却没有动摇过。在最困难的时候，在失去自由的情况下，她都没有对粤剧动摇。她相信，她的艺术人民是需要的，“总有一天我还要为人民服务”。粉碎“四人帮”以后，红线女没有计较个人的得失，继续全身心地投入她所钟爱的艺术事业上，特别是现代戏，她一直是知难而上，创作了不少优秀作品，如《白燕迎春》《祥林嫂》等。

她促进了粤剧艺术的革新与创造

周巍峙（音乐家）

红线女是我国当代成就卓著、深受广大观众爱戴的粤剧表演艺术家，她的艺术成长是同近代粤剧发展的历史紧密相连的。她崛起于抗日战争时期。几十年来，她以优异的艺术天赋以及刻苦钻研、精心创造的敬业精神，塑造了一批独具魅力的艺术形象，促进了粤剧艺术的革新与创造。

我们知道，粤剧的原始根源在于弋阳、昆腔、梆黄等腔系，而它的生长却是在南国这样一个特殊的环境之中，也就是说，它同香港、东南亚乃至美国的接触和联系，比之于其他任何剧种都要早且广。这就决定了这个剧种一方面在艺术的表演上，包括唱腔演唱，有着强大的兼容性，求新精神很强；另一方面，它吸附的东西，也不免鱼龙混杂，精华与糟粕并存。红线女在长期的艺术实践中，不断地排除干扰，增强自己识别精粗美恶的审美能力。她除了向粤剧界的老一辈艺术家认真学习外，同时自觉地向新文艺、新文化学习。她在从事粤剧艺术的实践过程中也参与拍摄过不少由中外文学名著改编的电影，并担任主演。她爱看话剧及地方戏曲，从中吸取有益的经验，用来充实自己，充实粤剧艺术。她学过京剧、昆剧的演唱，研究过西洋唱法，对粤剧的唱腔不断进行改革，最终创造了独树一帜的“红腔”，对粤剧艺术的革新创造起了很好的促进作用。

她比任何一位粤剧先行者都走得远

何西来（文艺理论家、文学批评家）

红线女是当代中国一位当之无愧的大艺术家，通过60年锲而不舍的攀登，已经成为现代粤剧史上最重要的代表了。她比在她之前的任何一位粤剧的先行者，包括马师曾、薛觉先等，都要走得更远些，攀登得更高些，尽管她曾是他们带上路的，有着真正意义上的师承关系。她是在他们的生命，同时也是他们的艺术止步的地方，独立支撑，锐意进取，把粤剧艺术推向更高的境界，把它的影响，推向更远的地方。

她创造了“红腔”，是以她的艺名的第一字作为这种独特的声腔艺术的标识的；又叫“女腔”，则是以她艺名的末一字作为标识的。她因而被演艺界，被热爱她的艺术的观众亲切地称为“红姐”“女姐”，最近传媒又有呼为“红姑”的。她不仅形成了自己独创的、成熟的演艺风格，而且建立了以她为奠基者和最杰出的代表人物的“红派”。红派得其真传，人才济济。他们完全有潜力、有希望把远承先辈，始自红线女的艺术精神和流派薪火相传下去，同时，也会在不断的创新中，把现代粤剧推上更高的水平。

红腔，固然是红线女艺术风格的独特的声腔标识，但并不是她艺术成就的全部。在现代中国艺术文化史上，她是为数不多的在几个领域都取得了很高成就的人之一。她先是主要以香港为依托，加上后来在内地，先后演过90余部电影，是公认的有造诣、有影响的明星。

至于在粤剧艺术上，她当然首先是表演艺术家，但也同时通晓编剧、唱腔设计、艺术教育等，有本事参与并指导从剧本策划、排演，到舞台合成的诸多环节和全部过程。总之，作为一代粤剧艺术的宗师，她的成就是全面的。她有极其丰富的艺术实践，以及在这些实践中积累起来的宝贵经验。

匠心赏析

▲　《搜书院》

梅兰芳（京剧表演艺术家）

1956年，青年红线女同粤剧前辈马师曾等第一次从南国来到祖国首都北京，合作演出了粤剧名作《搜书院》。当时京剧大师梅兰芳也去看了。从不轻易对青年演员给予溢美之词的他，看后热情地写了一篇剧评，称赞红线女的表演艺术。说她塑造了“一个刚烈而又腼腆可爱的少女形象”，即《搜书院》中的女主人公翠莲。说她演得“细致深刻”“优美精练”，赞扬她“在柴房一场的独唱，表面上好像没有一个身段，其实处处是身段，时时有‘脆头’（舞台上表演节奏鲜明的地方）”，“唱腔运用着正确的发音方法，并且也富有感情……”。

▲ 《昭君出塞》

谢彬筹（《红线女艺术研究》主编）

红线女早年饰演《昭君出塞》中的王昭君，是一个被逼和番、哀怨出塞的悲悲切切的弱女子形象，由于红线女的唱腔准确贴切，表演精细入微，这个形象可以说达到家喻户晓、深入人心的地步，而《昭君出塞》也因之成为蜚声国内外的红线女的代表作之一。20世纪80年代，红线女深切地感受到时代潮流、社会进步和民族团结的迫切需要，她产生了强烈的创作欲望，想要创造一个自愿请行、为民族和睦做出贡献、体现中国古代妇女美德的新的王昭君形象，于是她决定把曹禺的话剧《王昭君》改编为粤剧《昭君公主》搬上舞台。就在这个时候，一些喜欢她的观众和有关人士出于对她的爱护，认为红线女自己同自己“打擂台”，弄不好会招致失败，就算把事情做成了，也得花费九牛二虎之力，于是劝她放弃这个打算。但是红线女对编演这个戏经过充分的酝酿，从而有明确的创作意图：具有现实意义，在艺术上也是新的探索。于是她在感谢观众关心的同时，以勇于探索、精益求精的精神把这个戏搞了出来，获得了巨大成功。

▲ 《李香君》

谢彬筹（《红线女艺术研究》主编）

《李香君》之“初会侯朝宗”那场戏，红线女“千斤念白”功力非同小可。李香君在整场戏里除了念两句上场引子之外，一共只有13个字对侯朝宗说的念白，从起先的一般招呼客人说的“公子有礼”，到知道来者是自己仰慕已久的侯朝宗时重施厚礼说“侯公子万福”，到最后邀得侯朝宗上楼说的“侯公子请”。说话简单至极，但十分有机地串联表达了李香君内心感情的细腻变化，极为准确地推衍传递了李香君对侯朝宗由心仪到暗许的心理历程，看后令人叫绝。

罗家宝：

情系红船数十年
虾腔响彻岭南天

罗家宝（1930—2016），广东顺德人。12岁在父亲罗家树的教导下开始学戏，后拜陈锦棠为师。1949年至1953年到越南、柬埔寨、新加坡、马来西亚等地演出。1954年回广州，参加永光明、太阳升、东方红等剧团的演出。1958年进入广东粤剧院担任主演，1991年退休。历任广东粤剧院副院长、政协广东省第六届委员。2001年，罗家宝被广东省人民政府授予『粤剧艺术突出成就奖』；2010年被授予首届广东文艺终身成就奖；2011年被评为广东省第二批省级非物质文化遗产项目代表性传承人，2012年被评为第四批国家级非物质文化遗产项目代表性传承人。罗家宝创造了独树一帜的『虾腔』，成为影响广泛的粤剧主要唱腔艺术流派之一。代表作《柳毅传书》《梦断香销四十年》成为常演不衰的粤剧经典剧目。

艺术观

◎戏曲演员知识面要广，文化底蕴要厚；要养成看书的习惯；提高自身文化、艺术素养，是重中之重。……倘胸无点墨、空枪上阵，怎能演活角色？观众心里有把秤，演员有没有“料”，观众心知肚明。

◎粤剧是广东传统的文化瑰宝，在粤语地区有着深厚的群众基础。老一代艺术家的不懈努力创新为之奠定了今天的成就，我希望粤剧界的同人能携手合作，创立一个属于粤剧人的粤剧艺术节，将粤剧继续发扬光大。

——罗家宝

创作之路

罗家宝1930年出生在一个粤剧世家，此后从事粤剧艺术达60多年。他的父亲罗家树是粤剧界有名的掌板（粤剧中伴奏乐器的总指挥），八叔父罗家权是粤剧著名演员，有“生纣王”之称，十二叔罗家会也是粤剧演员。在这样的环境和条件下，罗家宝自幼便喜爱粤剧，1942年，时年12岁的罗家宝跟着戏行公认的“掌板王”“打锣状元”——父亲罗家树正式步入戏行，后拜陈锦棠为师。罗家宝初期擅长演小武剧目，后转型扮演小生、老生、官生角色。

扬长避短，自创“虾腔”

1949年4月至1954年，罗家宝先后随太阳升粤剧团和永光明粤剧团在越南、柬埔寨、新加坡、马来西亚一带演出，在此期间，罗家宝上演的剧目多是武场戏，讲究武功、排场、做功、服装等。

1954年罗家宝从新加坡回到广州后，以演文场戏为主。他主演的第一出文戏是神话剧《柳毅传书》，并自此以一出《柳毅传书》扬名粤剧界。《柳毅传书》是罗家宝的首本名曲，经陈冠卿先生润色修改，历演不衰，与罗家宝合作的“龙女”有近20名，可谓戏行佳话。“柳毅”在剧中有很大段唱词，罗家宝根据自己以前积累下来的唱腔技巧，对唱词一字一句地揣摩，不知不觉中竟“度”出了“虾腔”的雏形。后人赞其为“生柳毅”。同年，罗家宝拜了刚回广州定居的薛觉先为师，并常有机会和马师曾、白玉堂、桂名

罗家宝在粤剧《血溅乌纱》中饰演严天民

扬、白驹荣同台演出，得到他们耳提面命的指导，使他能兼收并蓄，扬长避短，在唱腔上逐步形成了自己的特色。而著名粤剧编剧家陈冠卿又为他编写了不少名剧名曲，如《祭玉河》《怡红公子悼金钏》《鸳鸯玫瑰》，使"虾腔"得到了很好的发挥。"虾腔"音色甜润，叮板稳实，共鸣强烈，行腔不事雕饰，酣畅自然，韵味醇厚，易于学唱，于朴素中闪现华彩，深受粤剧界和广大粤剧爱好者的喜爱。

1954年回国时，广州市成立了戏曲改革委员会，提出的口号是"改人、改戏、改制"，每演一套新戏都必定经过彩排，招待同行，看完演出后又开座谈会，对剧本、表演、舞美等提出修改意见，所以对每一个演员的提高和成长帮助很大。由于广州是祖国的南大门，那时每年都有很多外省的地方戏曲（如京剧、越剧、桂剧、秦腔、湘剧等）团体来演出，罗家宝常有机会去观摩学习。他注意吸收和学习其他剧种和流派；而那时的领导同志（如陶铸、区梦觉、王匡、杨康华、李超、黄施民、欧阳山、华嘉、李门、郑达、丁波、黄宁婴等）多喜爱粤剧，常亲临指导；不少老一辈的艺术家，如薛觉先、马师曾、白驹荣、靓少佳等，都对他言传身教，手把手地为他示范教戏；著名编剧家陈冠卿为罗家宝编写的作品，使他在唱腔上扬长避短，对他的“虾腔”形成起了很大的作用……

1956年，永光明剧团的主角吕玉郎离开，他们以高价将罗家宝请去当副团长（正团长陆云飞）。入团后主演的第一个戏是《怡红公子悼金钏》。之后，又主演了神话剧《鸳鸯玫瑰》。1957年，南方日报社开展了一次全省调查，让读者投票评出广东省内最受观众喜爱的10位演员，结果罗家宝与红线女、林小群、罗品超、吕玉郎、文觉非、郎筠玉、马师曾、白驹荣、靓少佳等一起入选。而《鸳鸯玫瑰》也是五大最受欢迎的粤剧之一，排名仅次于马师曾、红线女的《搜书院》。而此次调查，也正式确立了“虾腔”的地位。

历经坎坷，一往情深

1957年，罗家宝灌录了他的第一张唱片，其中包括《柳毅传书》《荔枝换绛桃》《祭玉河》等。1958年，又灌录了《劫后鸳鸯》《玉钏进羹》。后来，羊城唱片厂还将罗家宝的《孔雀东南飞》之《雀合》、《鸳鸯玫瑰》

罗家宝摄于2013年

等曲灌录成唱片。之后，罗家宝又在永光明剧团演了悲剧《状元红》（饰演状元罗金冠）、喜剧《相见不相亲》（饰演将军）、清装戏《亲皇下珠江》（饰演冒充成亲王的骗子）。后又跳槽到东方红剧团，主演了《碧海狂僧》。不料碰上“反右”运动，戏一公演，就被文化局批成是“宣扬没落思想的毒草”，连同《着起袈裟事更多》《梵宫驸马》《万恶淫为首》几个戏一起被批判。《碧海狂僧》被立刻停演，剧团受到严厉批评，编剧陈冠卿为此还戴上了右派帽子。因此，罗家宝只好主演描写郑元和与李亚仙爱情故事的《风雪卑田院》（饰演郑元和）、《文天祥》（饰演文天祥）、改编自广州三轮车工人业余创作的现代戏《红花岗》（饰演人力车工人、英雄人物张胜）和纪念关汉卿的剧目《裴度还带》（饰演裴度）。

1958年，罗家宝加入广东粤剧院，一直担任主要演员。1960年，罗家宝到北京参加中国戏曲艺术研究班学习。这个班由梅兰芳大师当班主任，集中了全国各地不同剧种的表演艺术家当老师，如俞振飞（京昆剧）、姜妙香（京剧）、刘成基（川剧）、徐凌云（昆剧）、马师曾（粤剧）。通过他们的言传身教，特别是观摩了梅兰芳的《宇宙锋》《贵妃醉酒》《桂枝写状》《游园惊梦》《穆桂英挂帅》剧目，罗家宝的表演艺术得到了很大的提高。

后来，他经过一段坎坷的生活历程，万般无奈下与艺坛隔绝。但到20世纪70年代末他又重返舞台，他觉得自己已经年过半百、鬓发已霜，已不适宜在舞台上再演才子佳人谈情说爱的戏了，必须要改变戏路，否则便会被观众抛弃！1981年，他选演了一个官生戏《血溅乌纱》。这个戏很吸引观众。他自己觉得演了这么多年戏，这是他最好的戏，领导赞好，观众又喜爱。这个戏到港澳地区和美、加演出，反响也很强烈。后来他又排演了历史剧《袁崇焕》，完全改变了自己的戏路，同样受到好评。1984年他排演的新戏《梦断香销四十年》，说的是南宋爱国诗人陆游与唐琬的故事。陆游这个角色从青年演到老年，在最后一幕“再进沈园”中陆游已是白发苍苍70多岁了。这个戏不仅在广州卖座，而且在中国香港和美国、加拿大演出，也很受欢迎。1986年，罗家宝和香港著名演员李宝莹、罗家英组织了一个新宝粤剧团，在香港重演了该剧。还在风行唱片公司灌录了镭射唱片和卡带，其中的《鸾凤分飞》《再进沈园》《残夜泣笺》已成为省港澳各地粤曲社团广为传唱的曲目，而《梦断香销四十年》也一直为许多粤剧团争相上演。通过这几个戏的排演，他深深体会到，作为一个演员如果不努力开拓，就跟不上时代的步伐，便会被时代所淘汰。

1991年12月，罗家宝移居澳大利亚悉尼，但他对粤剧仍一往情深，继续往返于港穗之间，活跃在戏曲舞台上。他曾在港与罗艳卿、谢雪心等组班演出，曾回广州及省内各地参加不少粤剧曲艺活动和公益筹款演唱，并出席省港澳粤曲大赛现场做嘉宾登台，曾录制一批粤剧（他的首本戏）镭射影碟。2003年，广东省文联、广东省剧协联合为罗家宝举办了“罗家宝粤剧艺术六十年”系列活动，包括艺术展、研讨会，出版了《艺海浮沉六十年》和《罗家宝曲集》两本书。

罗家宝一生历经荣辱浮沉、大起大落，但仍对粤剧事业矢志不渝。其人品、戏品、艺品，不但广受称颂，更对粤剧界和普罗大众有启迪。他在20世纪50年代“扎起”，60年代红透。“文革”十年遭受迫害离开舞台。1978年至1982年，他排演了一批深受国内外赞誉的新戏，如《血溅乌纱》《袁崇焕》《梦断香销四十年》《相见时难别亦难》等等。这期间，罗家宝的戏路更宽广，唱腔更炉火纯青，表演更生活化，被赞誉是“艺术上跃上了新的里程”。

（张晋琼）

专家点评

看似寻常最奇崛，成如容易却艰辛

莫汝城（粤剧编剧）

罗家宝是在新中国成长的一位粤剧表演艺术家，他1954年从新加坡回到广州，正如他在《我的心声》一文中的自述："当时我还是一个寂寂无闻的青年演员。"回国三年后，艺术有了很大的进步。1957年6月7日，南方日报社举办的"选举最受欢迎的粤剧演员"投票活动揭晓，当选为最受欢迎的十名演员，按得票多少的顺序是：红线女、吕玉郎、林小群、罗品超、文觉非、马师曾、郎筠玉、罗家宝、白驹荣、靓少佳。罗家宝这年才27岁，就与多位粤剧艺术大师、名家一起当选，可以说是"年少成名"，他的唱腔也开始被人称为"虾腔"，像《柳毅传书》中的一些唱段，已经被人们广为传唱。但是他的艺术能达到如此高度，他的"虾腔"能发展成为粤剧唱腔的一个流派，还是经过成名后几十年的辛勤努力才取得的成果。一个演员创造的唱腔能成为"派"，要具备三个条件：一是要有他自己的艺术特色；二是要有他的代表曲目；三是要有他的传人。罗家宝的"虾腔"是已经完全具备这三个条件的。1995年，著名老作家欧阳山为"梨园缤纷五十年——罗家宝粤剧艺术欣赏会"的题词是"优海虾宗"四字，"虾宗"就是"虾腔"一派的创始人"宗师"。

罗家宝既学习名家，又不囿于名家。所谓"学习须从规矩入，神化亦从规矩出”，最初他也会有个模仿的阶段。等到学习有成、基础渐厚、经验渐丰时，他却能另辟蹊径，从“颇不相同”到创出自成一家、独具风格的“虾腔”。论师承，说渊源，“虾腔”与白、桂等名家的唱腔有继承的关系，同时又是在继承这些名家唱腔的基础上自创新声。“又继承，又革新”，正是戏曲声腔、音乐发展的规律。罗家宝善于继承、勇于创新的精神和经验，值得我们好好地学习和认真地总结。

“虾腔”节奏鲜明，板眼精确，虽在繁弦急管之中，仍能板稳字正，法度谨严；“虾腔”旋律多在中低音区运行，低而不弱，沉而不靡，哗然变轩昂，即有雄健之气；“虾腔”感情深厚而腔调平易，不卖弄，不造作，具有流畅自然、不假雕饰的风格。这些都是人们谈论罗家宝的唱腔时，经常提到的艺术特色。但是我们不能因为它具有“不假雕饰”的风格，而以为它在创作过程中，不用经过艺术的加工雕琢，只是凭着罗家宝的天赋条件，信手拈来，冲口而出，全不费功夫就创作出来的。艺术品都是人工创造而不是天然生成的，因此世间没有不经过加工雕琢而成的艺术品，璞玉浑金只是制造艺术品的珍贵原料。人们说：“玉不琢，不成器；布不缝，不成衣。”成器后能不留斧凿之痕，成衣后能灭去针线之迹的，才是良工的雕琢、巧匠的裁缝。杜甫诗云“美人细意熨帖平，裁缝灭尽针线迹”，刘禹锡诗云“郢人斤斫无痕迹，仙人衣裳弃刀尺”说的都是这个道理。“虾腔”使人感到“不假雕饰”，正是罗家宝雕琢的功夫到家、浑无斧凿之痕的结果。

匠心赏析

▲ 《柳毅传书》

广东粤剧院

首演于20世纪50年代，是罗家宝的成名之作。剧中柳毅对龙女表白的一个唱段“知你爱我心坚，我不怕言明一遍……”传遍广州城。《柳毅传书》也确立了罗家宝自成一家的“虾腔”，让其成为当今影响深远的粤剧主要唱腔流派之一。数十年间，罗家宝无数次扮演柳毅，艺术风采有增无减，与罗家宝搭档演过龙女的花旦除首演的林小群外，还有近20位。剧中的《牧羊》《送别》《花好月圆》等唱段成为广为传唱的经典名曲。

▲　《梦断香销四十年》

广东粤剧院

1984年，广东粤剧院推出由著名粤剧编剧家陈冠卿创作的《梦断香销四十年》，罗家宝饰演陆游，小生、小武、须生行当兼备，刻画了一个饱经沧桑、命运坎坷的爱国诗人形象。陆游40年后重游沈园这场戏，罗家宝演唱得荡气回肠，把“虾腔”的艺术魅力发挥到极致。《梦断香销四十年》戏里的《鸾凤分飞》《沈园题壁》《再进沈园》等唱段已成为粤剧的流行曲，其中《再进沈园》更被公认为“虾腔”艺术的巅峰之作。

叶本南：

赤胆技艺一身藏
白字戏骨百世长

叶本南（1933—2011），艺名粒仔旦，广东海丰县人。幼年时期流浪街头，后契身戏班学旦，兼习须生、武生、丑公行。1950年前后，联合卓孝智等名伶发起组建了海丰县民艺白字戏剧团，在该戏剧团从艺40余年。1980年，叶本南出席广东省文艺工作者代表大会，其后成为中国民主同盟盟员，中国戏剧家协会会员、广东分会理事兼该分会艺术委员会会员。

叶本南是新中国成立后，白字戏曲艺重要传承者之一。他行腔圆润婉转，刚柔并济，韵味醇厚，先后塑造了一大批个性鲜明的艺术形象。同时，叶本南广撷博采，公、生、旦、净、丑无所不会，并刻苦钻研、不断创新，形成独特的表演风格，善于运用优美细致而富有表现力的身段来刻画人物深沉复杂的内心世界。

艺术观

◎自己大半生艺术实践的体会，个人的成就还是来自“勤学苦练”和“尊师”六个字。

◎我求艺，不限于一行，公、生、旦、净、丑无所不学，包容多，戏路也就广了。

◎剧种是先人留给我们的一部极为宝贵的民族遗产，必须依靠党、群众才能发扬光大，不是任何个人的事情，红花再好，也要有绿叶扶持。

——叶本南

创作之路

延安文艺座谈会上确立了新中国的文艺路线后，传统戏曲事业终于有了脱胎换骨、蓬勃发展的机会。在新中国成立初期，岭南地区戏曲界率先展开了一场旧戏班改新剧团的运动。岭南各地的地方戏曲艺术家们纷纷响应，组建新剧团。在这一众艺人当中，当时已经声名鹊起的白字戏艺人叶本南显得尤为积极。他响应党和国家号召，一马当先地创建了民艺白字戏剧团，积极参与到改造旧戏班、建立新剧团的活动中，成为海陆丰地区戏曲改革运动的旗手。

作为白字戏曲艺文化领域的优秀继承人，叶本南在少年时期，刻苦练习，勤勉求艺，磨炼自己的艺术技巧，拓宽戏路，荣获“戏骨”的盛名；在青年时期，新建剧团，无私传艺，为白字戏传承培养了大批的人才；在暮年时期，沟通粤港，推广戏曲艺术，为粤港两地的文化交流活动、地方戏曲走向世界的活动，做出了卓越的贡献。

叶本南凭借出类拔萃的艺术天赋和精益求精的艺术追求，成为岭南地区白字戏的中流砥柱，为白字戏的发展与创新做出了杰出的贡献，为岭南地区的戏曲文化发展奉献了宝贵的一生。

初遇戏曲：伶仃无依识曲艺，刻苦勤勉获声名

1933年，叶本南出生在海丰县的一个小村子里，因出生时身材细小，人们常称他为“粒仔”。在叶本南的幼年时期，海丰县遭遇大饥荒，由于家境贫寒，父亲饿死，母亲带着年幼的弟弟逃难。失去双亲的叶本南不得不在外流浪，在邻村一位好心的阿婶的带领下，过上了街头行乞、勉强温饱的悲凉生活。在叶本南10岁那年，他与阿婶在路过竹围村行乞之时，阿婶因饥饿难耐，抢了一家饮食店顾客的米粉，被殴打致死。叶本南自此更加茕茕无依、孤苦伶仃。

但不幸中仿佛总有冥冥注定的万幸之事。在阿婶死后不久，当地小有名气的教戏先生余娘掩刚好来村子里看望义子，碰上了饥肠辘辘、奄奄一息的叶本南。心怀恻隐之情的他将叶本南带回了荣华春白字戏班。那时的余娘掩从未想过这样一个弱小凄惨的孩童，会在将来的日子里，成为白字戏曲艺界赫赫有名的表演艺术家。

在机缘巧合之下，叶本南初识戏曲，踏上了戏曲艺术生涯。初入戏班，由于年龄小、身板小，他在戏班里主要负责跑龙套的活儿。但在此后不久，他的戏曲天赋就逐渐显露了出来，当时的班主毛阿荣决定给叶本南机会——让他演角色。叶本南演的第一个角色是《蔡兴宗上京》里的“媒人婆”，是由余娘掩亲自教授。这一角色并不是一个主角，但所幸是一个有唱词的角色。在故事里，蔡兴宗上京，要摆渡过江，渡船上的媒人婆身上没有钱，渡公就叫她唱歌抵渡钱，媒人婆便唱起了《十二月歌》：“正月里来点灯笼，踢死太子是薛刚那哟……”得到演出机会的叶本南十分欣喜，他深刻地明白在旧戏班残酷的竞争环境里，能够在短时间内得到演角色的机会，实属不易。他十分珍惜这一次机会，没日没夜地练习余娘掩传授的唱腔、做功技巧，描摹“媒人婆”这一角色的举手投足、神态气韵。在苦练一段时日后，凭借着惊人的艺术天赋，叶本南第一次登台唱角色就赢得了满堂喝彩。

后来荣华春白字戏班被卖给了沙港乡的曾妈心，改名荣正顺班。而叶本南也转入荣正顺白字戏班，与班主曾妈心签订了合同，拜戏班里著名的教戏

先生郑文习学旦，正式成为白字戏班童伶。

在当时，订合同入戏班等同于卖身。戏班里的制度相当严酷，童伶的生活也十分艰苦。清晨，等所有童伶集中后，教戏先生要对前一天晚上的戏进行点评，唱得差的，要打板子作为教训；唱得好的，也要打板子作为赞赏，只不过力道会轻一点。每天上午吃早饭之前，要诵读曲册，学习动作，直到先生满意为止。在吃过早饭之后，就要准备下午的演出了，化好妆容，穿上戏服，拎上道具，童伶们就要登上舞台，进行彩排。一旦登上舞台，即使是下台上厕所也是需要报备的。教戏先生的谩骂责打、高强度的诵曲演出，让许多童伶痛不欲生，甚至早早夭折。但在年幼时经历过凄苦生活的叶本南却拥有比常人更为坚定的心性。面对戏班严格乃至残酷的训练，他没有退缩，而是秉持着吃苦耐劳的精神，刻苦打磨，勤奋训练，终于在戏班里拔得头筹。

在13岁那年，叶本南凭借着过人的唱功和做功，在海陆丰戏曲舞台上崭露头角，博得了一票观众的喜爱，获得了一个兼顾乳名的艺名“粒仔旦”。叶本南也因为出众的才华被人们盛赞为“戏骨”，被人们认为是“生来做戏的料”。但叶本南并未因此而骄傲自满，而是更加勤勉地打磨自己的技艺。其后在老荣正顺班中，他跟随大头镴、刘娘青等教习先生学习文戏、武戏的做、唱，转益多师，博采众行，为他今后拓宽戏路，打下了扎实的基础。

青年壮举：赤胆红心建剧团，苦练技艺放新声

由于粤东地区战火波及、灾祸频生，在清末年间活跃的30多个白字戏班，到了新中国成立前夕，只剩下了寥寥数个。旧戏班条件艰苦，设备简陋，艺人地位低下，饥死逃生，还不得不面临旧戏班的苛待，生存处境尤其艰难——戏曲界的改革迫在眉睫。

1949年，解放战争即将结束，美好的新中国即将到来，整个国家都沉浸在辞旧迎新的欢快氛围之中。在延安文艺座谈会确立的方针路线指引下，粤东地区的戏曲界兴起了一波改旧戏班为新剧团的活动，其中最早响应的表演

戏曲艺术家中就有当时在海陆丰地区获得了显赫声名的叶本南。

1950年，为了响应党和国家的号召，未满20岁的叶本南与同在荣正顺班的名伶卓孝智胸怀赤胆红心，怀着为发展祖国文艺事业奉献力量的远大理想，率先高举旗帜，发起创建了海丰县民艺白字戏剧团。这一新剧团从陈旧的班主制中挣脱出来，以集体性质进行运作，让艺人不再跟旧戏班及其班主存在人身依附关系，也让艺人获得了人生和艺术的自由。叶本南、卓孝智这一壮举也得到了当地艺术家们的响应。在剧团成立之初他们就成功团结了当时在海陆丰地区有一定名声的老艺人，如刘茂成、陈耀光等，也吸收了很多青年表演艺术家，其中包含一批女性艺术家，这打破了旧戏班“全男班”的落后境况。海丰县民艺白字戏剧团也在其后改名为海丰县青年白字戏剧团，最后于1956年定名为“海丰县白字戏剧团”。在新中国成立前期，叶本南把年轻的热情、心血都奉献给了白字戏剧团。在他与众多白字戏名伶用心经营以及人民政府的大力扶持和帮助之下，海丰县白字戏剧团从一个原本默默无名的新剧团，逐渐成为海丰县戏曲文化的一张名片。

在新中国成立初期，叶本南不仅要呕心沥血地巩固剧团成立初期的成果，还不得不面对当时几乎每一个白字戏表演艺术家都要遭遇的困境——“倒嗓”。在新中国成立以前，白字戏班主要使用童伶，由于戏班里的伶人基本为男性，到了一定年龄就会经历变声期，声线变粗，声音沙哑，所以大多白字戏童伶一旦过了变声期就很有可能无法继续戏曲生涯。叶本南面对这一困境并没有放弃，也没有像其他许多白字戏表演艺术家一样在成年变嗓后选择转行唱正字戏，而是四处寻师求教，刻苦练习，在实践中不断摸索，最终实现突破。

在1954年和1956年先后两次戏曲会演中，叶本南在《扫纱窗》和《游龙戏凤》中扮演的王金真和正德君均获得了奖项。1957年中国戏剧家协会田汉等人来海丰地区视察时，对叶本南在《红梅记》中饰演的杨天梅一角倍加赞赏。同年，叶本南还参加了文化部举办的戏曲演员讲习会，他借此机会悉心向正字戏罗宝寿、西秦戏罗振标、汉剧黄粦传、粤剧罗品超和文觉非等老艺术家请教，集众家之长运用到白字戏的艺术表演之中，达到融汇百家、自成一家的境界。

在新中国成立以前，叶本南在旧戏班里主要是男扮女角，演花旦、青衣和乌衫，饰演《肖光祖》中的刘月英、《珍珠记》中的王金真等角色。但新剧团招收了大量女性表演艺术家，已经不需要老一辈的男性名伶唱女性角色了。由于早年求师学艺之时，文武兼修，博采众长，叶本南在新中国成立之后也展开了更为广泛的戏曲实践活动。他开始男扮男，改演《红梅记》中的杨天梅、《珍珠记》中的高文举等小生角色。又随着年龄的增长，他由小生转老生，挂起长须唱《金叶菊》中的马应龙、《红梅记》中的杨政和等角色。在由少年到中晚年的戏曲发展的过程中，叶本南也以戏路广博著称于世，成为白字戏艺术发展历史上屈指可数的旦角、生角、文角、武角兼修的戏曲艺术表演家之一。

星火燎原：无私传艺种桃李，传承曲艺总当先

叶本南最难得的不是他自身拥有耀眼的光辉和傲人的才气，而是他在拥有杰出成就的同时，仍然能保持勤勉刻苦、不断学习的精神，以及心怀兼济天下、甘于奉献的信念。

在努力实现自我突破和自我提升的同时，叶本南也不断为新中国的白字戏艺术事业培养优秀的人才。叶本南深谙戏曲这一中华传统文化的精髓在于“传承”，在于由长及幼的口耳相传，所以他从不吝惜传授自己的才艺。自1952年起，叶本南就带领许凤岐、王瑞玲、黎赛兰等一批青年艺徒，参加海丰县各色的戏剧演出，让他们在一些重要剧目中分别担任主角。青年艺徒们在实践中成长，成为能够独当一面的优秀白字戏表演艺术家，斩获众多好评，其中的佼佼者被中国戏剧家协会吸收为会员。

正是叶本南等戏曲名伶的无私传承令新中国成立初期衰微的白字戏艺术行业，有了更多的青年人才，为白字戏艺术发展注入新鲜血液，让白字戏能够从颓败之境重整旗鼓，在其后的岁月中得以重绽光辉。

在政府大力扶持下，叶本南、卓孝智等白字戏名伶到1960年前后已经基

叶本南表演照

本夯实了新剧团建设的根基，也开始进一步为白字戏艺术传承做出努力。1962年前后，剧团开始抢救、挖掘和整理传统剧目《扫窗会》《山伯访友》《陈三磨镜》等，同时还移植演出了《棠棣之花》《社长的女儿》《沙家浜》等现代戏。在整理传统剧目、移植现代剧的基础上，还在唱腔音乐、表演艺术等方面进行了革新创造，传承和创新了白字戏传统剧目形式，提升和丰富了白字戏艺术表现能力。

在叶本南等人的努力下，许多原本依赖于言传身教的传统剧目得以文本的形式保存，传统剧目得以推陈出新，演出更适应时代的文艺导向和观众的审美需求。叶本南及其率领的海丰县白字戏剧团默默耕耘，努力奉献，收获了广大人民群众的认可。

1969年，海丰县白字戏剧团解散，但叶本南并没有中断他的演艺生涯，哪怕登台的机会有限，他也坚持苦练，为白字戏艺术的发展传承四处奔波，为扩大白字戏的影响竭尽所能。

老骥伏枥：仰面曲腔惊天地，俯首甘为文化桥

经历了时光的锤炼，叶本南在白字戏唱功方面的造诣日益精进。其音准水平在当地艺术家中相当出众。唱功字正腔圆，婉转清亮，保留了白字戏传统艺术的地方特色。许多唱片公司邀请叶本南录制白字戏唱带，都盛赞叶本南的唱腔堪称完美，这些唱片公司中不仅有内地的唱片社，还有香港文志唱片公司等。

叶本南虽然并未踏足香港地区，但早已才名远扬。在香港地区生活的业余演员钟丽君、郭珠兰等在当时就已经久慕叶本南的大名，经过几番周折，她们终于在1975年回到故乡，拜叶本南为师。叶本南并没有因为文化背景的差异而拒绝这些求学者，而是热情地收她们为徒并毫无保留地传授自己的技艺，帮助来自香港的白字戏爱好者提高艺术水平，并结下深厚的师生情谊。渐渐地，叶本南也在香港的戏曲表演家中积累了名气，收获了许多赞誉。

在20世纪70年代后期，文艺界渐渐度过了凛冽的寒冬，迎来了复苏的春天。1979年，海丰县白字戏剧团重建，这一曾经为白字戏文化传承与创新发挥重大作用的由国家扶持的剧团重新回归历史舞台，并继续承担着发扬地方戏曲的重任。在白字戏剧团从艺40余年，先后担任剧团艺术委员会副主任、主任和副团长的叶本南也重新参与到剧团的建设中，更加积极地投入地方戏曲传承和文化建设中。

1980年，叶本南出席省文艺工作者代表大会。1984年，成为海丰县第一、三、四届政协委员。在晚年，还担任中国民主同盟盟员、中国戏剧家协会会员、广东分会理事兼艺术委员会委员等职位，凭借着杰出的艺术才华和贡献成就在海陆丰地区得到了极高的声誉。

随着粤港文化交流的不断深入，叶本南更加注重将白字戏文化向海外的平台传播。1988年，叶本南跟随剧团前往香港演出，此时的叶本南在岭南地区戏曲界已经获得诸多同行的好评，声名远扬，香港的“福佬”也对他的名字十分熟悉。他高超的技艺和圆润的唱腔，赢得了满堂喝彩，也赢得了观众

的喜爱，在表演结束后，香港的观众当场为叶本南送上了花篮。叶本南征服了香港的“福佬界”，将优秀的白字戏文化带到了香港，他就像一架文化之桥，连接着粤港两地的戏曲文化，使香港的观众对中华文化生出一种发自内心的认同感和归属感，心生自豪和共鸣。

20世纪末，叶本南到了退休的年龄。他离开白字戏剧团的岗位，不再担任相关职务。退休之后，他致力于白字戏戏曲人才的培养，致力于成为粤港文化交流的桥梁。为了将白字戏这一优秀的文化遗产传承给后人，他与儿子海才以及多名徒弟创办了一个民间职业性剧团——春蕾白字戏剧团。这一剧团采用合同制，招收50多名青年演员进行传、帮、带，并采用“走下去”和“叫上来”相结合的培训方法。在叶本南的勉力建设之下，春蕾白字戏剧团成为海丰县当地优秀的民办剧团，并为白字戏这一地方戏曲培养了一批可造之材。叶本南还多次带领春蕾白字戏剧团前往香港进行演出活动，剧团的演出收获了香港观众们的喜爱，打响了名气。与此同时，暮年的叶本南仍在为白字戏的文化创新工作不懈探索，在经营春蕾白字戏剧团期间，他还发掘了三十几个传统剧目，录制成为影像，在世界范围发售，让原本仅仅属于岭南地区的白字戏文化走向世界。

2011年，叶本南永远地离开了我们。这位将毕生心血奉献给白字戏艺术事业的老人，用一腔圆润婉转、清亮悦耳的曲音唱响了新中国地方戏曲改革乐章，也将中国瑰丽的传统戏曲艺术，带向了世界舞台。

（汤昭璇）

专家点评

心有灵犀一点通

吕匹（戏剧研究者）

天赋勤勉齐头进

叶本南是一位公认的天赋异禀却又勤勉非常的白字戏名演员。在年幼时期他就已经充分展示了自己独特的天赋。

叶本南契身老荣正顺班，师从郑文习学旦。在合同期内，少小童伶，勤奋好艺，边学边演，头角初露，受到观众的青睐。如花旦戏《肖光祖》中的刘月英、《游龙戏凤》中的凤姐、《陈三磨镜》中的益春、青衣戏《珍珠衫》中的三巧儿、《珍珠记》中的王金真、乌衫戏《三元记》中的秦雪梅、《红梅记》中的吴美香等，都表演得多姿多彩，赢得了观众。

在"合同"期满后，适逢新中国成立，他同师兄弟卓孝智（妈柏生）联合老艺人刘茂成、刘耀光等，组建了一个共和班式的集体制剧团，取名"民艺"，后改名"青年"；1956年接受政府登记，定名为"海丰县白字戏剧团"。不久县文工队并入，增强了领导力量和新生血液。自新建剧团起，叶本南在剧团从艺近40年。他几十年来勤勤恳恳地推动剧团各项业务建设，带领剧团在岭南地区乃至香港地区进行演出活动。

他本人在新中国成立后更是在艺术实践中不断开拓戏路，行行涉足，门门精通，演什么像什么，人称他是"戏骨"，他只是谦虚地回答："是靠解放后党的栽培和自己勤学苦练加尊师所得。”虽然拥有过人的天资，叶本南仍然保持着勤勉的精神和谦虚的秉性，在自己的戏曲道路上踽踽前行。

海纳百川拓戏路

作为白字戏艺术传承的标杆人物，叶本南的戏路之宽一直为人称道。在签署合同的旧戏班里，由于条件限制，叶本南一直饰演花旦角色，但到了新剧团成立的时期，叶本南便开始努力拓宽自己的戏路，既演小生、老生、公末，又演净、丑、婆，如小生戏《红梅记》中的杨天梅、《珍珠记》中的高文举，《荔镜记》中的陈三，老生戏《金叶菊》中的马应龙、《红梅记》中的杨政和、《十五贯》中的况钟，净、丑戏《白罗衣》中的陶大、《白蛇传》中的渡公、《摆渡弄》中的晋伯等等，都得心应手，演得有性有灵，给观众留下了难忘的印象。

他不但演古装戏，也演现代戏，如《红珊瑚》的老德顺、《滨海风潮》的老裕等典型形象，也被刻画得惟妙惟肖，令人信服。1954年和1956年，他先后两次参加汕头地区戏曲会演，在《扫纱窗》和《正德君游江南》中分别扮演王金真与正德君，一男一女，皆获表演奖。

叶本南依靠自身的勤奋，提升技艺，拓宽戏路，所饰演的角色在不同的行当之间转换，获得了诸多赞美与好评。

传递文明勇先锋

在叶本南身上最为难能可贵的是他不仅成就了自己，还敢于奉献，乐于成就他人。儒家有言“穷则独善其身，达则兼济天下”，而叶本南很好地做到了这一点，他在白字戏艺术上居于泰斗的位置，为白字戏艺术界培养了一批新人，为地方戏曲文化的创新发展奉献了大量心血。功成名就的叶本南，即使在退休后仍矢志不移，毅然带领儿子海才，自筹资金办了一个春蕾白字戏剧团，招收了一批少男少女予以传帮带，经过几年培育，如今春蕾已绽新花，所到之处，备受观众欢迎。

他带领着春蕾白字戏剧团赴香港演出，促进粤港两地的文化成员交流，博得香港同胞们的欢迎，获得两地媒体极高的评价，省、市七家报刊先后发表了评介文章，倍加赞扬。1995年10月，叶本南带领剧团在海城影剧院做汇报演出，三个夜场，场场爆满，盛况空前；香港长洲惠海陆同乡会回乡观光团看了他们的演出后说："看家乡演戏如此盛况，太高兴了！"

赏析 匠心

▲ 《白罗衣·拷陶》（白字戏丑公行）

唐冬颖（广东省海丰县白字戏剧团编剧）

《拷陶》又名《询陶》，是白字戏《白罗衣》中的一折。白字戏《白罗衣》初本移植海陆丰塘皮影戏剧目，取材于明代冯梦龙“三言二拍”中《警世通言》之“苏知县罗衫再合”，后经改编，保留剧情基本框架，将剧中的矛盾冲突和人物性格进行提升和转化，注入新的戏剧元素。白字戏《拷陶》里最大的冲突，不是苦主恩义的矛盾，而是陶大激烈的思想斗争：既想帮人申冤，又怕连累自己，欲待隐瞒真情，又受良心谴责，心中的正义感跟个人生存的危机交错成矛盾的心态。叶本南扮演的陶大，属于白字戏丑公行，以裘头丑应工，情态也逼真，把老人家那种小人物的善良表现得淋漓尽致，寓大义于谐趣，颇得大众好评。

《杨天梅·庵中会》（白字戏生角）

汤昭璇（剧评人）

《杨天梅》之《庵中会》一段描写的是杨天梅和吴美香母子二人相会的场景，在该折戏曲中有大段“哭板”，唱段选用的是传统轻六调中典型的“哭腔”唱法。叶本南扮演的杨天梅，神韵到位，情感饱满，将杨天梅见到吴美香之时，内心的激动和长期骨肉分离的悲苦凸现出来，得到了观众的一致赞赏。他对“哭板”唱段的演绎还被收录进了书籍中，以供后人借鉴。“哭板”中大量运用极富白字戏特点的“咿唉啊”衬字，拖缓节奏，曲调更为婉转绵长。使用长拍代替短拍，更有利于主角杨天梅抒发悲苦情感。在充满忧伤的曲调之中，杨天梅和吴美香母子情深被充分展现，杨天梅的孝子形象在“哭腔”中得到充分展现。

《珍珠记·历路》（白字戏旦角）

汤昭璇（剧评人）

《珍珠记》之《历路》一折中有曲牌名为“驻云飞”的唱段，该唱段是花旦王金真的著名唱段。作为活五调曲牌，“驻云飞”又称“云飞曲”，是白字音乐中运用最普遍的曲牌之一，传统白字戏剧目在诉说人物身世和遭遇、表现思念情绪时多据此曲牌进行演唱。在旋律上，散板引句和过渡曲句字少腔多，婉转缠绵。在中段子母句滚唱中，曲调深情而且不受曲牌限制，可以自由发挥情绪。在收尾段曲调既婉转抒情又情绪激昂。丰富的曲调变化让这一唱段成了白字戏中著名的唱段。这段经典唱段唱腔旋律舒缓缠绵，又被称为“历路”曲。因为演唱难度很高，所以有“无声莫唱历路曲”的说法。叶本南饰演的王金真时常一登台就能获得满堂彩。他对“历路”这一段就驾驭得非常好，不仅眉眼情态、神韵气质都做得非常到位，而且唱腔圆润，动听悦耳，将这样一段难度较高的唱段，表现得非常充分。

后　记

历时两年多，岭南文艺百家丛书终将付梓，编者欣喜之余，不由得回想起编写出版过程中的甘苦点滴。

岭南大地自古文光炳耀，近代以来，更是星汉灿烂。有人说：一部中国近代史，少了广东人，真不知该如何写起？这或者基于思想、政治而言，但于文化、艺术，也是如此。由此我们萌发了编写近代以来广东文艺名家的念头。当初最朴素的想法是：笼名家创作心路于一书，集巨匠精品力作于数册。至于分卷则按照省文联的各艺术门类，分为文学及文艺理论卷、戏剧卷、电影卷、音乐卷、舞蹈卷、美术卷、书法卷、摄影卷、曲艺卷、杂技卷、民间艺术卷十一卷。

2016年10月，广东省文联和南方报业传媒集团达成联合编写出版意向，并向省委宣传部申请立项。两家单位均十分重视本丛书的编写与出版，因此从萌发编撰之念，到丛书策划拟定，再到向部里立项，一切进展可谓顺利。

待编写提上议程后，难题却接踵而来。首先是名家人选的确立、上溯时间的界定。其标准何在？这似乎仁者见仁，智者见智。抱着集思广益、就正方家的思路，我们邀请了省内多位文化界专家学者对项目名称及专家推荐名单进行讨论。与会专家均充分肯定本丛书出版的重大意义，但对项目名称有所异议，最终修改为岭南文艺百家丛书以客观、准确、真实反映广东的文艺界情况。百家者，状其多尔，并非限定于100个人。遴选百家之原则，一是生不立传，古不入选。至今在世的名家，或时代久远的巨匠均不选入；二是在广东文艺界有大贡献或在省内外甚至海内外有大影响者的粤籍文艺名家，视其贡献影响大小予以录入。这自然是“主观题”。因此人选名单的确定大体经历了几道“工序”：初由与会专家商议拟定，再交文联各协会参定，并向省文化与旅游厅、省新闻出版广电局、省作协等征求意见，最终百家人选名单上报省委宣传部审定。

名单出炉之后，大局看似已定。但接下来的编写也大费周章。从编写体例的拟定，到作者人选的抉择，无不几经推敲。最终我们在编撰体例上确定了以人分章，章下设“艺术观”“创作之路”“专家点评”“匠心赏析”等栏目的思路（鉴于艺术领域的差异，部分卷册体例容或不同）。至于写作者人选，除了相关领域的专家学者或团队，还有该名家的传记作者，长期奔走广东文艺界的文体记者等。

2018年9月底，由不同写作者分头编撰的篇目陆续提交后，丛书进入编辑、设计阶段，第三道难题也随之显现，便是体例的统一与设计的呈现。所谓大体须有，定体则无。因为艺术门类的差异、编写者的不同，书稿交到编辑手中可说五花八门，各具情态。如何做到相对整饬，又不削足适履，真是两难。我们只能在保持既有文风的基础上，按篇幅做了适当的文字增删，就其中的事实舛误和错字加以订正，对图片欠缺者也四处搜寻加以补充。即便如此，时至今日，我们亦不敢说处理妥帖，其中删改或有不当处，只能祈请各位作者方家予以谅解了。

鉴于卷数较多，篇幅不一，本丛书最终按卷次的相关度和篇幅的相称度予以合并，将十一卷纂为六册，依次为《文采舜华——文学及文艺理论卷》《梨园春秋——戏剧卷》《光影斑斓——电影卷·摄影卷》《碧落行云——音乐卷·舞蹈卷·曲艺卷·杂技卷》《丹青有意——美术卷》《翰墨匠心——书法卷·民间艺术卷》。

本丛书主要基于多方文献资料编纂而成，旨在宣传普及文艺，并非学术研究著作，为求体例统一，文献征引不一一标明出处，望相关作者周知，也请读者理解。另外，丛书收录图片多系历史图片，或来自文献资料截图，或为名家亲属提供，部分图片质量虽不尽理想，但因内容需要仍予以上版，良非得已。出版过程中，仍有一些图片未能及时联系到相关著作权人，请有关人士见后与我们联系，我们即奉上样书和微酬。

本丛书得以出版，实有赖于广东文艺界各方力量的支持与襄助。我们无法一一列名，谨此致谢！

时序匆匆，两载倏忽。由于编者水平有限，书中错漏之处在所难免，敬请方家不吝赐正。

编 者

2019年6月